인형의 집

KB212681

Et Dukkehjem

인형의 집

헨리크 입센

신승미 옮김

midnight
bookstore

차례

등장인물

토르발 헬메르(변호사)

노라(헬메르의 아내)

랑크 박사

닐스 크로그스타드(하급 법정 변호사)

린데 부인

헬메르 부부의 세 자녀

유모 안네마리아

하녀 헬레나

짐꾼

배경은 헬메르 부부의 집이다.

제1막

검소한 가구들이지만 품위 있게 꾸며진 아늑한 거실. 뒷벽에는 문 두 개가 있다. 오른쪽 문은 현관 쪽 복도로 이어지고 왼쪽 문은 헬메르의 서재로 통한다. 두 문 사이에 피아노가 놓여 있다. 왼쪽 벽 가운데에 문이 있고 그 앞에 창문이 있다. 창문 가까이에 둥근 탁자와 안락의자, 작은 소파가 있다.

무대 안쪽의 오른쪽 벽에 문이 있고, 무대 정면에는 타일이 붙은 난로가 있으며, 그 앞에 팔걸이의자 두 개와 흔들의자 한 개가 있다. 오른쪽 벽에 있는 문과 난로 사이에 작은 탁자가 있다.

벽에는 동판화가 여러 개 걸려 있다. 도자기와 갖가지 작은 장식품이 진열된 장식장과 멋진 양장본이 여러 권 꽂힌 작은 책장이 하나씩 있다. 바닥에는 양탄자가 깔려 있고 난로에는 불이

지펴져 있다. 겨울날이다.

(현관에서 초인종이 울리고 곧이어 문 여는 소리가 들린다. 노라가 즐겁게 콧노래를 부르며 거실로 들어온다. 외출복 차림의 노라는 꾸러미를 한가득 안고 들어와 오른쪽에 있는 탁자에 내려놓는다. 열어둔 현관문 사이로 짐꾼이 보인다. 짐꾼은 문을 열어준 하녀에게 손에 들고 있던 크리스마스트리와 바구니를 건넨다.)

노라   헬레나, 크리스마스트리를 잘 숨겨둬. 오늘 저녁 장식을 끝낼 때까지 아이들이 보면 안 돼. (지갑을 꺼내며 짐꾼에게) 얼마죠?

짐꾼   50외레입니다.

노라   자, 여기 1크로네(100외레에 해당함―옮긴이)예요. 아니에요, 잔돈은 그냥 가져요.

(짐꾼은 노라에게 감사 인사를 하고 돌아간다. 노라는 문을 닫은 뒤 외출복을 벗으면서 즐거운 미소를 짓는다.)

노라   (주머니에서 마카롱이 든 봉지를 꺼내 한두 개를 먹는다. 그러고는 조용히 남편의 서재 쪽으로 가더니 무슨 소리가 나는지 들으려고 문에 귀를 바싹 댄다.) 아, 안에 있구나. (다시 콧노래를 부르며 오른쪽 탁자 쪽으로 간다.)

헬메르 (서재에서) 거기 밖에서 조잘거리는 사람이 나의 작은 종달새인가?

노라 (꾸러미들을 푸느라 손을 부지런히 움직이며) 맞아요.

헬메르 작은 다람쥐처럼 후다닥거리고 다닌 건가?

노라 예.

헬메르 작은 다람쥐는 언제 집에 왔지?

노라 금방 왔어요. (마카롱 봉지를 주머니에 얼른 집어넣고 입가를 손으로 훔친다.) 토르발, 이리 나와봐요. 내가 뭘 샀는지 봐요.

헬메르 나 지금 바빠! (잠시 후 손에 펜을 든 채 서재 문을 열고 거실 쪽을 내다본다.) 샀다고 그랬어? 그걸 다 샀단 말이야? 바보 같은 사람이 또 돈을 펑펑 쓰고 다녔나 보군.

노라 하지만 토르발, 올해는 좀 마음껏 써도 되지 않나요? 처음으로 돈을 아끼지 않아도 되는 크리스마스인걸요.

헬메르 그래도 낭비하면 안 되지. 알면서 그래.

노라 아이참, 토르발, 이제는 조금 낭비해도 되잖아요. 아주 조금은요, 그렇죠? 이제 당신은 월급도 많이 받고 돈도 엄청나게 많이 벌게 될 거잖아요.

헬메르 그래, 새해부터는 그렇게 되겠지. 그렇지만 내년 3월이 지나야 월급이 들어온단 말이야.

노라 　아, 그때까지는 돈을 빌리면 되죠.

헬메르 　노라! (장난스럽게 노라의 귀를 잡아당긴다.) 덜렁이 같으
　　　니라고. 설사 내가 오늘 1,000크로네를 빌리더라도 당신
　　　은 크리스마스가 오기 전에 다 써버리고 말걸. 혹시라도
　　　올해의 마지막 날에 내가 지붕에서 떨어진 기와를 맞고
　　　쓰러지기라도 한다면⋯⋯.

노라 　(손으로 헬메르의 입을 막으며) 쉿! 그런 무서운 말은 하지
　　　말아요!

헬메르 　하지만 그런 일이 생긴다고 생각해보란⋯⋯.

노라 　그렇게 무서운 일이 생긴다면 빚을 지고 있든 아니든 신
　　　경 쓰지 않을 거예요.

헬메르 　그럼 우리한테 돈을 빌려준 사람들은 어떻게 되겠어?

노라 　그 사람들이오? 상관없지 않아요? 어차피 모르는 사람
　　　들이잖아요.

헬메르 　노라, 노라! 정말이지 여자란! 아, 진짜 노라, 내가 그
　　　런 문제를 어떻게 생각하는지 잘 알잖아. 빚을 지는 건
　　　안 돼. 대출 금지라고. 돈을 빌려서 빚으로 살림하면 제
　　　약을 받게 되고, 결국엔 안 좋은 일까지 생긴단 말이야.
　　　당신과 나는 지금까지 빚 없이 어떻게든 꾸려왔잖아. 앞
　　　으로 남은 짧은 기간도 그렇게 살 수 있을 거야.

노라 　(난로 쪽으로 걸어가며) 좋아요, 토르발. 당신 말대로 해야

죠, 뭐.

헬메르 (노라를 따라가며) 이런, 이런, 나의 작은 새가 풀이 죽으면 안 되지. 어라? 다람쥐가 부루퉁해 있는 거야? (지갑을 꺼내면서) 노라…… 여기에 뭐가 있게?

노라 (재빨리 몸을 돌리며) 돈이오!

헬메르 그래, 그래! (지폐 몇 장을 노라에게 준다.) 암, 크리스마스 때 돈이 많이 든다는 건 나도 알지.

노라 (돈을 세며) 10, 20, 30, 40! 우와, 고마워요, 토르발. 정말 고마워요. 이 정도면 오랫동안 쓸 수 있겠어요.

헬메르 흠, 정말 그래야 해.

노라 아, 물론 그래야죠. 어쨌든 이리 와서 내가 사온 것 좀 봐요. 정말 싸게 샀다니까요. 자, 이바르가 입을 새 옷이에요. 장난감 칼도 하나 샀어요. 이건 밥의 말과 나팔이에요. 이건 에미한테 줄 인형과 인형 침대고요. 좀 평범하긴 하지만 어차피 에미가 얼마 안 가서 망가뜨릴 테니까요. 하녀들한테 줄 드레스 감과 손수건도 있어요. 유모 할멈한테는 다른 걸 더 사줘야 하는데…….

헬메르 그런데 그 꾸러미는 뭐야?

노라 (꺅 소리를 지르며) 안 돼요, 토르발! 오늘 저녁이 되기 전에는 보면 안 돼요.

헬메르 아하! 자 그럼, 낭비쟁이 부인, 당신은 뭘 갖고 싶어?

노라 어머, 나요? 난 아무것도 필요 없어요.

헬메르 허, 갖고 싶은 게 있을 텐데. 자, 갖고 싶은 걸 말해봐.
        적당한 걸로 말이야.

노라 글쎄요, 진짜로 떠오르는 게 없어요. 하지만 토르발, 혹
      시……

헬메르 음?

노라 (헬메르의 얼굴을 보지 않고 그가 입은 조끼의 단추를 만지작거
      리며) 당신이 나한테 정말 선물을 주고 싶다면, 저기 그러
      니까……

헬메르 자, 어서 말해보라니까!

노라 (재빨리) 토르발, 돈으로 주면 좋겠어요. 당신한테 부담
      스럽지 않을 정도로만요. 그럼 그 돈으로 나중에 뭔가
      살게요.

헬메르 하지만 노라…….

노라 아, 그렇게 해줘요, 토르발. 부탁이에요, 그렇게 해줘요!
      그럼 예쁜 금박지에 싸서 크리스마스트리에 걸어놓을 거
      예요. 재미있겠죠?

헬메르 돈을 금방 써버리는 작은 새를 사람들이 뭐라고 부르
      는지 알아?

노라 그래요, 알아요. 돈을 물 쓰듯 하는 사람이라고 하죠!
      그렇지만 토르발, 내 말대로 해줘요. 그러면 정말로 갖고

싶은 걸 생각할 시간이 생기잖아요. 봐요, 얼마나 합리적이에요. 그렇죠?

헬메르 (웃으며) 아, 그렇지. 내가 준 돈을 당신이 진짜로 안 쓰고 있다가 그 돈으로 당신이 원하는 걸 산다면 말이야. 그렇지만 그걸 살림하는 데 써버린다면 내가 돈을 이중으로 줘야 하잖아.

노라 아, 하지만 토르발…….

헬메르 노라, 그렇지 않다고 장담할 수 없지, 안 그래? (노라의 허리를 팔로 안으며) 사랑스러운 작은 새지만 돈을 너무 많이 써댄단 말이야. 남자가 당신 같은 작은 새랑 살자면 얼마나 많은 돈이 드는지 당신은 상상도 못 할 거야!

노라 어머, 어떻게 그런 말을 해요? 나는 할 수 있는 한 절약한단 말이에요.

헬메르 (소리 내어 웃으며) 그렇지, 사실이야. '할 수 있는 한' 말이야. 그런데 솔직히 당신은 그걸 못하잖아.

노라 (고개를 끄덕이더니 행복하게 웃으며) 아, 토르발, 우리 같은 종달새와 다람쥐가 돈 쓸 곳이 얼마나 많은지 당신도 알아야 하는데.

헬메르 당신은 정말 이상한 사람이야! 당신 아버지하고 똑같아. 항상 돈이 나올 구석이 없나 궁리하지. 하지만 돈이 생기면 어느새 손에서 빠져나가 버려 그 돈을 어디에 썼

는지도 모르잖아. 흠, 있는 그대로의 당신을 받아들여야
겠지. 그 기질을 타고났으니 어쩌겠어. 그래, 노라, 이건
순전히 유전이야.

노라　아빠의 좋은 점을 더 많이 물려받았으면 좋았을 텐데요.

헬메르　어쨌든 나는 지금 그대로의 당신이 좋아. 그저 나의 귀
여운 작은 새로 말이야. 그나저나 생각해보니 당신, 좀
뭐랄까, 오늘 뭔가 나쁜 짓을 저지른 눈치인데?

노라　내가요?

헬메르　그래, 진짜 수상해. 내 눈을 똑바로 봐.

노라　(헬메르를 바라보며) 자요.

헬메르　(노라를 손가락으로 가리키며) 당신처럼 군것질을 좋아하
는 사람이 오늘 시내에 가서 그냥 오지는 않았겠지?

노라　아니에요……. 왜 그렇게 생각해요?

헬메르　요 작은 군것질쟁이가 제과점을 그냥 지나쳤단 말이야?

노라　그렇다니까요, 토르발. 정말이에요.

헬메르　사탕 하나 맛보지 않았다고?

노라　그럼요. 당연히 아니죠.

헬메르　마카롱 한두 개를 먹지도 않았고?

노라　아니라니까요, 토르발. 정말이에요. 맹세해요.

헬메르　이런, 이런, 물론 그냥 농담하는 거야.

노라　(오른쪽 탁자로 가며) 당신이 싫어하는 건 아무것도 안 할

거예요.

헬메르   그럼, 그렇고말고. 게다가 나랑 약속까지 했잖아. (노라 쪽으로 가며) 흠, 여보, 당신의 크리스마스 비밀을 잘 간직하라고. 크리스마스트리에 불이 켜지는 오늘 저녁이 되면 다 알게 되겠지.

노라   랑크 박사님 초대하는 거 잊지 않았죠?

헬메르   물론이지. 하지만 굳이 초대할 필요도 없다고. 우리랑 저녁 식사를 같이하는 건 당연하니까 말이야. 어쨌든 랑크 박사가 점심 전에 들르면 말해놓지. 아주 좋은 와인을 주문했어. 하아, 내가 오늘 저녁을 얼마나 기대하는지 당신은 모를 거야.

노라   나도 그래요, 토르발. 그리고 아이들도 아주 좋아할 거예요.

헬메르   아, 안정적인 일자리와 많은 돈이 생긴다니 생각만 해도 좋군. 정말 안심이 돼, 그렇지?

노라   아무렴요, 정말 좋아요!

헬메르   작년 크리스마스 생각 나? 당신은 크리스마스 전 삼주 내내 저녁마다 자정이 훌쩍 지날 때까지 방문을 잠그고 틀어박혀서 크리스마스트리에 달 꽃이랑 우리를 놀라게 만들 장식들을 혼자 만들었지. 휴우, 내 평생 가장 지루한 삼 주였어.

노라　나는 전혀 지루하지 않았어요.

헬메르　(미소를 지으며) 그런데 결과가 참담했지.

노라　그 일을 갖고 또 놀리기예요? 고양이가 들어와서 갈기갈기 찢어놓은 걸 내가 어쩌겠어요.

헬메르　불쌍한 노라. 맞아, 그렇게 된 걸 당신이 어떻게 하겠어. 당신은 우리를 기쁘게 하려고 최선을 다했지. 그게 중요해. 어쨌든 그렇게 힘든 시절도 이제 끝이라니 정말 기분이 좋군.

노라　아무렴요. 진짜 기뻐요.

헬메르　이제 나 혼자 여기 앉아서 지루해하지 않아도 되고, 당신도 그 예쁜 눈이랑 사랑스러운 작은 손가락을 고생시키지 않아도 되지.

노라　(손뼉을 치며) 그러게 말이에요. 더는 그럴 필요가 없네요. 우와, 정말 기분 좋은 소리예요. (헬메르의 팔을 잡으며) 내가 앞으로 어떤 계획을 세워놨는지 이야기해줄게요. 크리스마스가 지나자마자……. (초인종이 울린다.) 아, 초인종 소리네요! (거실을 정리한다.) 누가 우릴 만나러 왔나 봐요. 아휴, 성가신데!

헬메르　날 찾으면 집에 없다고 해야 해, 알았지?

하녀　(문가에서) 헬메르 부인, 어떤 여자분이 찾아오셨습니다.

노라　음, 들여보내요.

하녀   (헬메르에게) 박사님도 오셨습니다.

헬메르   바로 서재로 갔나?

하녀   예, 나리.

(헬메르가 서재로 간다. 하녀는 여행복을 입은 린데 부인을 거실로 안내한 뒤 문을 닫고 나간다.)

린데 부인   (나직한 목소리로 약간 머뭇거리며) 잘 지냈어, 노라?

노라   (뭔가 미심쩍은 표정으로) 잘 지냈어?

린데 부인   날 기억 못 하는구나.

노라   그래, 안타깝게도 기억이 안 나. 아, 잠깐만…… 분명히
　　　　…… (갑자기) 크리스티나! 정말 너야?

린데 부인   그래, 나 맞아.

노라   크리스티나! 세상에, 너를 못 알아보다니! 하지만 못 알
　　　　아본 것도 당연해. (약간 부드럽게) 변했구나, 크리스티나.

린데 부인   응, 변했지. 구 년……, 아니 거의 십 년 만이니 긴
　　　　시간이 흘렀잖아.

노라   우리가 못 만난 지 그렇게 오래됐어? 그래, 그런 것 같네.
　　　　있잖아. 난 지난 팔 년 동안 정말 행복했단다! 그리고 이
　　　　제 너도 이 도시로 왔구나. 한겨울에 여기까지 먼 길을
　　　　오다니 정말 용감하네.

린데 부인 오늘 아침에 증기선을 타고 도착했어.

노라 즐거운 크리스마스를 보내기에 딱 좋은 때에 왔네. 우와, 진짜 좋다! 둘이서 아주 즐거운 시간을 보내자. 그나저나 외투부터 벗으렴. 몸이 완전히 얼었지? (린데 부인이 옷 벗는 걸 도우며) 저리 가자! 따뜻한 난로 옆으로 가서 앉으렴. 아니야, 거기 팔걸이의자에 앉아. 난 흔들의자에 앉을게. (린데 부인의 양손을 잡는다.) 그래, 이제 옛날 얼굴이 보이네. 처음 잠깐은 알아보지 못했어. 그런데 크리스티나, 예전보다 창백해졌네. 조금 마르기도 했고…….

린데 부인 그리고 많이 늙었지, 노라.

노라 조금 늙긴 했어. 그저 아주 조금, 진짜 조금. 많이는 아니야. (갑자기 말을 멈췄다가 곧 진지하게) 아, 이런 내가 정말 생각이 모자랐어! 이렇게 쓸데없는 소리나 지껄이고 있다니……. 착한 크리스티나, 날 용서해줄래?

린데 부인 무슨 말이야, 노라?

노라 불쌍한 크리스티나, 이제 넌 과부가 됐잖아.

린데 부인 맞아, 삼 년 전에 그렇게 됐지.

노라 그래, 나도 알아. 신문에서 기사를 읽었어. 저기, 크리스티나, 너한테 편지를 쓰려고 했어. 진짜로 그랬어. 하지만 항상 이런저런 일이 생겨서 계속 미뤄야 했지…….

린데 부인 노라, 나도 이해한단다.

노라　아니야, 내가 나빴어. 아, 가여운 크리스티나, 그동안 정
　　　말 힘들었겠구나. 네 남편이 유산을 남기지도 않았지?

린데 부인　안타깝게도 그래.

노라　아이는 없어?

린데 부인　없어.

노라　한 명도?

린데 부인　그 덕분에 속상할 일이 없으니 후회는 없어.

노라　(믿을 수 없다는 표정으로 린데 부인을 보며) 세상에, 크리스
　　　티나, 말도 안 돼.

린데 부인　(슬픈 미소를 짓고 노라의 머리를 어루만지며) 노라, 살다
　　　보면 그렇게 될 때가 있단다.

노라　그렇지만 완전히 혼자라니…… 정말 슬프겠구나. 나는 예
　　　쁜 아이가 셋이나 있어. 지금 당장은 인사를 못 시키겠네.
　　　유모랑 나갔거든. 어쨌든 네가 살아온 이야기를 다 해줘.

린데 부인　아니야, 아니야, 네 이야기를 듣고 싶어.

노라　안 돼, 네가 먼저 이야기해. 오늘 나는 이기적인 생각을
　　　하지 않을 거야. 다른 생각은 하지 않고 네 문제만 생각
　　　할래. 하지만 꼭 말해야 할 게 하나 있어. 있잖아, 우리
　　　집에 엄청나게 큰 행운이 생겼단다. 며칠 전에 말이야.

린데 부인　어머? 무슨 일인데?

노라　그게 말이지, 남편이 저축은행의 지점장이 됐어.

린데 부인 네 남편이? 정말 잘됐다.

노라 그러게 말이야, 정말 대단한 일이지! 변호사로는 생활이 영 불안정하거든. 게다가 점잖은 일만 맡으려는 경우엔 더욱 그렇지. 물론 토르발은 그런 사람이고, 난 그의 뜻에 동의하는 편이야. 아, 우리가 얼마나 기쁜지 알겠지? 토르발은 새해 첫날부터 은행에 출근할 거야. 그러면 많은 봉급과 엄청난 수수료를 받을 거고, 우리는 지금과는 아주 다른 생활을 하겠지. 우리가 원하는 대로 살 수 있을 거야. 아, 크리스티나, 정말 행복해! 돈 걱정을 할 필요가 없으면 얼마나 좋을까, 그렇지?

린데 부인 그래, 필요한 게 다 있으면 참 좋을 거야.

노라 어, 필요한 것만이 아니야! 엄청나게 많은 돈도 생길 거라고!

린데 부인 (미소를 지으며) 노라, 노라! 아직 철이 덜 들었구나. 넌 학교 다닐 때도 낭비벽이 있었지.

노라 (조용히 웃으며) 맞아, 토르발은 내가 여전히 그렇다고 말해. (손가락을 흔들며) 그렇지만 '노라, 노라'는 네 생각처럼 그렇게 어리석지는 않단다. 우리에게 내가 낭비할 돈 따위는 없었거든. 우린 둘 다 일을 해야 했어.

린데 부인 너까지 일해야 했다고?

노라 응, 온갖 자질구레한 바느질감을 맡아 했지. 뜨개질이나

수예, 뭐 그런 거 말이야. (가벼운 말투로) 그리고 다른 방
법도 써야 했단다. 우리가 결혼했을 때 토르발이 공무원
일을 그만뒀잖아. 그 부서에서 승진할 가망이 전혀 없는
데다 결혼 전보다 돈을 더 많이 벌어야 했으니까. 토르
발은 결혼 첫해에 심하게 과로를 했어. 별의별 잔업을 다
맡아 하고 아침부터 한밤중까지 일했지 뭐니. 결국 그는
견디지 못하고 심각한 병에 걸려버렸어. 의사들은 그에게
남부로 내려가야 한다고 권했지.

린데 부인 아, 맞다. 일 년 내내 이탈리아에 가 있었지?

노라 응, 그랬지. 너한테 하는 말이지만 감당하기가 쉽지 않았
어. 이바르가 태어난 직후였으니까. 그래도 무조건 이탈
리아로 가야 했지. 음, 멋진 여행이었어. 아름다웠지! 그
리고 토르발은 목숨을 구했고. 그렇지만 크리스티나, 돈
이 엄청나게 들었어!

린데 부인 당연히 그랬겠지.

노라 1,200달러(노르웨이의 옛 화폐—옮긴이)나 들었지 뭐니.
4,800크로네잖아. 정말 큰돈이지.

린데 부인 응, 그렇게 힘든 일이 생길 때는 돈이 있는 게 큰 힘
이 되어주지.

노라 음, 그게 말이지, 돈을 아빠에게 받았어.

린데 부인 아, 그래, 기억난다. 네 아버지가 그 무렵에 돌아가

셨지.

노라 응, 바로 그 무렵이었어. 생각해봐, 크리스티나. 친정에
가서 아빠를 간호할 수도 없는 상황이었어. 이바르가 태
어날 날이 오늘내일 하던 때였으니까. 그리고 가여운 토
르발이 지독하게 아파서 내가 돌봐줘야 했으니까. 세상
에! 다정한 우리 아빠, 다시는 아빠를 보지 못했단다. 크
리스티나, 그건 내가 결혼한 후에 생긴 가장 견디기 힘든
일이었어.

린데 부인 네가 아버지를 얼마나 좋아했는지 잘 알아……. 그
렇게 해서 이탈리아에 갔구나?

노라 응, 한 달 뒤에 이탈리아로 떠났지. 당시에는 돈이 있었
고, 의사들이 한시라도 빨리 가야 한다고 했으니까.

린데 부인 그래서 네 남편은 다 나아서 돌아온 거니?

노라 아주 건강해졌어!

린데 부인 그러면 그 의사는……?

노라 어떤 의사?

린데 부인 나랑 동시에 집 앞에 도착한 분 말이야. 하녀가 그
사람을 의사라고 부른 것 같은데?

노라 아, 랑크 박사님을 말하는구나. 그분이 의사이기는 하지
만 진찰하러 온 건 아니야. 우리 부부의 절친한 친구라
서 적어도 하루에 한 번씩은 들르거든. 토르발은 그때 이

후로 아팠던 적이 한 번도 없어. 아이들도 모두 튼튼하단다. 나도 그렇고. (벌떡 일어나서 손뼉을 치며) 아, 세상에나, 크리스티나, 살아 있고 행복하다는 건 기가 막히게 멋진 일이야! 이런 나 좀 봐. 또 내 이야기만 했구나! (린데 부인 옆의 발걸이 의자에 앉아서 팔을 무릎에 얹는다.) 저기, 나한테 화내지 마. 네가 남편을 사랑하지 않았다는 게 사실이니? 그런데 왜 결혼한 거야?

린데 부인 그때만 해도 어머니가 아직 살아 계실 때였거든. 어머니가 몸져누워서 영 가망이 없으셨어. 그리고 나는 남동생 둘을 돌봐야 했지. 그때는 그 사람의 청혼을 거절하면 안 될 것 같았어.

노라 그럼, 그럼, 거절할 수 없었겠지. 게다가 그 사람은 그때 부자였잖아?

린데 부인 상당히 부유했을 거야. 그렇지만 사업이 불안정했어. 남편이 죽자 곧 산산조각이 났고, 결국엔 아무것도 남지 않았지.

노라 그래서 너는 어떻게……?

린데 부인 음, 힘들게 생활했지. 작은 가게도 열어보고 작은 학교도 운영해보고 손에 잡히는 대로 일했어. 지난 삼 년 동안 하루도 쉬지 않고 일했지. 어쨌든 노라, 이제 다 끝났어. 불쌍한 어머니가 돌아가셨으니 이제 더는 내 도움이 필요 없어. 남동생들도 마찬가지고. 다들 취직해서 자기네들이 알아서 생활을 꾸려갈 형편이 됐거든.

노라   정말 안심이 되겠구나.

린데 부인   아니야…… 말도 못 하게 공허해. 이제 내가 살아갈 이유가 돼줄 사람이 없잖아. (안절부절못하며 일어선다.) 그래서 그 좁은 촌구석에서 더는 견딜 수가 없었어. 여기서는 날 바쁘게 해서 괴로운 일들을 잊어버릴 수 있는 일을 찾기가 훨씬 쉽겠지. 운 좋게 사무직을 찾을 수만 있다면 정말 좋을 텐데…….

노라   그렇지만 크리스티나, 그런 일은 지독하게 피곤할 텐데. 게다가 넌 이미 완전히 지쳐 보이는걸. 잠시 휴가를 떠나는 게 좋겠어.

린데 부인   (창가로 걸어가며) 노라, 난 여행비를 대줄 아버지가 안 계시단다.

노라   이런, 나한테 화내지 마.

린데 부인   (노라에게 다가서며) 아니야, 노라, 너야말로 나에게 화내지 말았으면 해. 나처럼 사는 사람한테는 누군가에게 미움을 받는 게 가장 끔찍한 일이란다. 보살펴야 하는 사람이 아무도 없는데도 편히 쉬질 못해. 어떻게든 살아가야 하니 갈수록 이기적으로 되고 말아. 솔직히 말해서 네 집에 경사가 생겼다는 말을 들었을 때 난 너 때문이 아니라 나 때문에 기뻐했어.

노라 그게 무슨…… 아, 무슨 말인지 알겠다. 토르발이 네게 뭔가 도움을 줄 수 있을 거라고 생각했구나.

린데 부인 응, 그렇게 생각했어.

노라 암, 그럴 거야, 크리스티나. 다 내게 맡겨둬. 내가 눈치껏 이야기를 꺼내볼게. 남편의 기분을 좋게 만들 방법을 생각해낼 거야. 아, 널 도울 수 있으면 진짜 좋겠다.

린데 부인 노라, 날 위해 그렇게 해준다니 참 친절하구나. 더욱이 힘든 일이나 고생이라고는 거의 모르는 네가 말이야.

노라 내가? 거의 모른다고?

린데 부인 (미소를 지으며) 뭐, 기껏해야 바느질 정도나 조금 해봤겠지! 넌 철부지야, 노라!

노라 (고개를 저으면서 거실을 오락가락하며) 그렇게 어른인 척하지 마.

린데 부인 아니야?

노라 너도 다른 사람과 똑같아. 다들 내가 아무 쓸모도 없는 사람이라고 생각하지…….

린데 부인 그래?

노라 그리고 내가 힘든 일 없이 그저 마음 편안하게 산다고들 생각해.

린데 부인 그렇지만 노라, 네가 겪었던 힘든 일들을 조금 전에

다 말했잖아.

노라 흥, 그건 아무것도 아니야. (목소리를 낮추며) 진짜 중요한
　　　일은 말하지도 않았어.

린데 부인 중요한 일? 그게 뭔데?

노라 크리스티나, 넌 날 무시하는데 네겐 그럴 자격이 없어.
　　　넌 수년 동안 어머니를 위해 고생했다고 해서 자신을 대
　　　견해하지.

린데 부인 난 아무도 무시하지 않아. 하지만 어머니가 내 덕분
　　　에 말년에 그래도 편안히 살다 가셨다는 건 대견스럽게
　　　생각해. 기쁘기도 하고.

노라 그리고 네 남동생들을 보살핀 것도 자랑스럽게 생각하
　　　겠지.

린데 부인 나는 그럴 자격이 있다고 봐.

노라 맞아. 그렇지만 크리스티나, 나도 할 말이 있어. 나도 아
　　　주 대견한 일을 했단다.

린데 부인 물론 그렇겠지. 그런데 그게 무슨 일인데?

노라 그렇게 큰 소리로 말하지 마. 토르발에게 들릴 수도 있으
　　　니까! 무슨 일이 있어도 남편이 알면 안 되는 일이야. 크
　　　리스티나, 너 말고는 아무도 몰라야 해.

린데 부인 그러니까 그게 뭔데?

노라 이리 와. (옆에 있는 소파로 린데 부인을 잡아당기며) 음, 그

래, 나도 나 자신을 대견하게 여길 만한 일이 있단다. 토
르발의 목숨을 구한 사람이 바로 나야.

린데 부인 네 남편의 목숨을 구했다고? 하지만 어떻게?

노라 우리가 이탈리아로 여행을 갔다고 말했잖아. 만약 우리
가 그곳에 가지 않았다면 토르발의 병은 절대 낫지 않았
을 거야.

린데 부인 그래. 그렇지만 필요한 돈을 네 아버지가 주셨잖아.

노라 (미소를 지으며) 토르발은 그렇게 생각하고 있지. 다른 사
람도 마찬가지고. 그렇지만⋯⋯.

린데 부인 응?

노라 아빠는 땡전 한 푼 주시지 않았어. 그 돈을 마련한 건 바
로 나야.

린데 부인 네가? 그 많은 돈을 다?

노라 1,200달러였지. 4,800크로네란 말이야. 어때?

린데 부인 하지만 어떻게 구했는데, 노라? 복권이라도 당첨된
거야?

노라 (거만하게) 복권은 무슨! (코웃음을 치며) 흥, 복권에 당첨
된 게 무슨 대견한 일이라고?

린데 부인 그럼 어떻게 돈을 구했는데?

노라 (수수께끼 같은 미소를 지으며) 아하! (콧노래까지 부르며) 랄
랄라!

린데 부인 돈을 빌릴 수 없었을 거 아니야.

노라 어? 왜 못 빌리는데?

린데 부인 아내는 남편의 동의 없이 돈을 빌릴 수 없잖아.

노라 (고개를 저으며) 아, 수완이 좋은 여자라면 빌릴 수 있단
다. 머리를 굴릴 줄 안다면…….

린데 부인 그렇지만 노라, 나는 도대체 무슨 말인지 모르겠어.

노라 네가 모르는 게 당연하지. 게다가 돈을 빌렸다는 이야기
는 누구에게도 꺼낸 적이 없으니까. 내가 돈을 구할 수
있는 방법이야 수없이 많지. (소파에 몸을 기대며) 나를 흠
모하는 남자나 뭐 그런 사람들에게 구할 수도 있고. 어
쨌든 내가 상당히 매력적이잖아…….

린데 부인 그런 어리석은 소리 하지 마!

노라 궁금해 죽겠지, 크리스티나?

린데 부인 자자, 노라, 내 말 좀 들어봐. 경솔한 짓을 저지른
건 아니지?

노라 (똑바로 앉으며) 남편의 목숨을 구한 게 경솔한 짓이야?

린데 부인 네 남편 모르게 뭔가를 했다는 것 자체가 경솔한 짓
이잖아…….

노라 하지만 토르발에게 알릴 수 없었어. 세상에, 모르겠니?
토르발은 자신의 병세가 얼마나 심각한지 알아서는 안
됐다고. 의사들은 그가 아니라 나한테 와서 말했어. 토

30

르발의 목숨이 위험하고 그를 살릴 방법은 남쪽으로 가는 수밖에 없다고 말이야. 내가 그를 설득하려고 노력해보지 않은 줄 알아? 처음엔 다른 젊은 아내들처럼 외국에서 휴가를 보내면 얼마나 좋겠냐고 말했어. 내가 처한 상황이 어떤지 생각해보고 내 말대로 해달라고 간청했지. 눈물도 흘려봤고 애원도 해봤어. 여행비를 쉽게 빌릴 수 있다고 슬쩍 말을 꺼내보기도 했어. 그랬더니 크리스티나, 화를 내려고 하지 뭐니. 내가 경박하다는 거야. 그러면서 이른바 내 '변덕과 허영'에 따르지 않는 게 남편의 의무라고 말하더라. 나는 생각했지. '좋아요. 하지만 어떻게 해서든 당신 목숨을 구해야 해요.' 그래서 방법을 궁리했던 거야…….

린데 부인 하지만 네 남편은 그 돈을 준 사람이 자신이 아니라는 말을 네 아버지한테서 들었을 텐데?

노라 아니야. 바로 그 무렵에 아빠가 돌아가셨거든. 나는 아빠에게 사실을 털어놓고 토르발한테 말하지 말아 달라고 부탁하려 했어. 하지만 아빠의 병세가 너무 심각해서서 속상한 일이지만 그럴 필요가 없었지.

린데 부인 그리고 나서 네 남편에게 쭉 말하지 않은 거야?

노라 무슨 소리야, 당연히 말 못 하지. 어떻게 말하겠어? 그렇지 않아도 돈 문제에 무지하게 엄격한 사람인데……. 게

다가 남자들이 다 그렇듯이 토르발은 나한테 조금이라도 빚을 졌다는 사실을 알면 크게 상처받고 수치스러워할 거야. 우리 부부 사이도 파탄이 날 테고. 그러면 행복한 우리 가정도 엉망이 될 거야.

린데 부인 앞으로도 계속 말하지 않을 작정이야?

노라 (살짝 미소를 지으며 생각에 잠기더니) 음, 언젠가 말하게 되겠지. 하지만 오랜 세월이 지난 뒤가 될 거야. 내가 더 이상 예쁘지 않을 때가 되면. 아니야, 웃지 마. 그러니까 내 말은 토르발이 지금보다 날 덜 좋아할 때란 말이지. 내가 춤을 추거나 옷을 차려입거나 시를 낭송하는 모습을 보고도 토르발이 즐거워하지 않을 때 말이야. 그럴 때를 위해 비밀 하나쯤은 갖고 있는 것도 좋겠지. (말을 멈췄다가) 하지만 말이 안 되잖아. 그런 날은 절대 오지 않을 거야. 흠, 크리스티나, 내 엄청난 비밀을 들으니 어때? 아직도 내가 쓸모없는 사람이라고 생각해? 내 말을 들으니 그동안 내가 얼마나 마음고생이 심했을지 짐작이 가지 않아? 갖가지 의무를 정확하게 지키기가 얼마나 어려운지 아니? 돈을 빌리면 말이야, '분기별 이자'와 '할부금'이라는 게 있는데 날짜에 맞춰 이를 지키기가 정말 힘들단다. 할 수 있을 때마다 여기저기에서 돈을 조금씩 끌어모아야 했어. 생활비에서는 줄일 돈이 별로 없었지. 토르발이 제대로 품격을 유지하도록 해주어야 했으니까. 내 귀여운 아이들에게 쓸 돈도 건드려서는 안 됐지. 아이들을 초라하게 입힐 수는 없잖아.

린데 부인   그럼 다 네가 쓸 돈에서 나가야 했겠네? 불쌍한 노라.

노라   물론이지. 결국 내가 시작한 일이었잖아. 그래서 토르발이 새 옷이나 필요한 물건을 사라고 돈을 줄 때마다 절반 이상을 쓴 적이 없어. 늘 가장 소박하고 싼 걸 샀지. 다행히 난 뭘 입어도 잘 어울려서 토르발은 전혀 눈치를 못 챘어. 그렇지만 크리스티나, 정말 힘들었단다. 아름답게 차려입으면 진짜 기분이 좋잖아, 그렇지?

린데 부인   정말 그렇지.

노라   그러다가 돈을 벌 수 있는 방법을 찾아냈어. 작년 겨울에 운 좋게도 원고를 옮겨 쓰는 일감을 많이 얻었지 뭐니. 그래서 문을 잠그고 방 안에 들어앉아 자정이 지날 때까지 글을 썼어. 아이고, 한동안 진짜 피곤했단다……. 정말 피곤했지. 하지만 책상에 앉아 일하면서 돈을 버는 게 진짜 재미있었어. 꼭 남자가 된 기분이었지.

린데 부인   그나저나 돈을 얼마나 갚았는데?

노라   음, 정확히는 모르겠어. 그런 대출은 액수를 계속 파악하고 있기가 어렵거든. 분명한 건 내가 긁어모을 수 있는 돈은 죄다 돈을 갚는 데 썼다는 거야. 속수무책일 때도 자주 있었지……. (싱긋 웃으며) 그럴 때면 여기 앉아서 상상하는 거야. 돈 많은 늙은 신사가 나와 사랑에 빠지는…….

린데 부인 어머나? 그게 누군데?

노라 잠깐만! 그리고 그 남자가 죽고 나서 유언장을 읽는데 놀랍게도 이런 구절이 담겨 있는 거야. '내 전 재산을 사랑스러운 노라 헬메르 부인에게 남긴다. 현금으로 즉시 지급한다.'

린데 부인 그렇지만 노라, 그 사람이 누구였냐니까?

노라 아이참, 모르겠어? 돈 많은 늙은 신사는 진짜로 존재하는 사람이 아니야. 도무지 돈 나올 구석이 없을 때 나 혼자 앉아서 상상하는 이야기일 뿐이라고. 하지만 이제 다 끝났어. 그 어리석은 늙은 신사는 영원히 상상 속에서 머무를 거야. 더 이상 그 신사나 유언장에는 관심 없어. 내 고민거리가 모두 사라졌거든! (갑자기 자리에서 일어나며) 아, 세상에나, 크리스티나, 생각해봐! 걱정이 없다니! 더는 걱정하지 않아도 된다니! 아이들과 즐겁게 뛰놀 수 있고 토르발이 좋아하는 이 집을 멋들어지게 꾸밀 수 있어. 그리고 곧 봄이 오고 하늘이 청명해지면 우리 가족은 여행을 갈 수도 있을 거야. 다시 바다를 볼 수 있을지도 몰라. 살아 있고 행복하다는 건 정말 멋진 일이지 않니?

(이때 현관에서 초인종 소리가 들린다.)

린데 부인 (자리에서 일어나며) 누가 찾아왔나 봐. 난 이만 가는
      게 좋겠어.

노라   아니야, 그냥 있어. 토르발을 만나러 온 사람이겠지. 여
      기에는 들어오지 않을 거야.

하녀   (문가에 서서) 실례합니다, 헬메르 부인. 어떤 신사분이 변
      호사님을 만나러 오셨습니다.

노라   은행장님이라고 불러야지.

하녀   예, 은행장님요. 그런데 어떻게 해야 할까요. 지금 의사
      선생님이 서재에 계시는데…….

노라   누구신데?

크로그스타드 (문가에 서서) 접니다, 부인.

(린데 부인은 깜짝 놀라는 것 같더니 이내 정신을 차리고 창가로 물러
선다.)

노라   (잔뜩 긴장해서 크로그스타드에게 한 발짝 다가서며 낮은 목소
      리로) 당신이군요. 무슨 일이에요? 왜 제 남편을 만나려
      는 거죠?

크로그스타드 은행 일입니다. 어떤 면에서는 그렇지요. 저는 저

축은행에서 말단직으로 있는데, 마침 부인의 남편께서 새 은행장이 될 거라는 소리를 들어서 말입니다.

노라   그러니까 그저…….

크로그스타드   그저 따분한 사업 이야기를 하러 온 거지요, 부인. 다른 뜻은 전혀 없답니다.

노라   그럼, 서재로 가보세요. (성의 없이 고개를 숙여 인사한 다음 복도로 통하는 문을 닫는다. 그러고 나서 걸음을 옮겨 난로에 장작을 넣는다.)

린데 부인   노라, 그 남자분은 누구야?

노라   크로그스타드라는 변호사야.

린데 부인   그럼 정말 그 사람이 맞구나…….

노라   아는 사람이야?

린데 부인   예전에 알던 사람이야. 수년 전에. 한때 우리 고향에 있는 변호사 사무실에서 근무했잖아.

노라   맞아, 그랬지.

린데 부인   아주 많이 변했더라!

노라   결혼 생활이 불행했거든.

린데 부인   지금은 홀아비가 된 거야?

노라   응, 자식이 아주 많은 홀아비지. 됐다, 이제 활활 타오를 거야. (난로 문을 닫고 흔들의자를 옆으로 조금 옮긴다.)

린데 부인   사람들 말로는 그가 여러 가지 사업에 손을 댔다고 하더라.

노라 정말이야? 사람들 말이 맞겠지. 나는 그쪽에 대해 아는
      게 없으니……. 그나저나 사업 이야기는 하지 말자. 너
      무 재미없잖아.

(랑크가 헬메르의 서재에서 나온다.)

랑크 (서재 문가에 서서) 아니야, 아니야, 친애하는 두 분을 방해
      하고 싶지 않아. 그리고 자네 부인을 잠깐 보고 싶기도
      하고. (서재 문을 닫다가 린데 부인을 발견한다.) 이런, 죄송
      합니다. 저는 여기서도 방해가 되는군요.

노라 별 말씀을 다 하세요. (랑크와 린데 부인을 서로 소개한다.)
      이분은 랑크 박사님이야. 이쪽은 린데 부인이랍니다.

랑크 아, 이 집에서 늘 듣던 이름이네요. 아까 제가 계단을 올
      라올 때 지나쳤던 분이군요.

린데 부인 예, 저는 계단 오르기가 힘들어서요. 아주 천천히 올
      라왔답니다.

랑크 아, 몸이 좀 약하신가 보군요?

린데 부인 아니요, 그저 과로 때문이에요.

랑크 과로일 뿐인가요? 그럼 쉬려고 이 도시에 오셨군요. 파티
      도 다니면서 말입니다.

린데 부인   일자리를 찾아서 왔답니다.

랑크   과로에 좋은 치료법이 아닐 텐데요?

린데 부인   살아야 하니까요, 박사님.

랑크   예, 다들 그렇게 생각하는 경향이 있는 것 같더군요.

노라   저런, 랑크 박사님, 박사님도 살고 싶으시잖아요.

랑크   그래요, 맞는 말입니다. 아무리 비참한 삶이라도 그 고통을 최대한 연장하고 싶은 마음이 있지요. 제 환자들도 모두 저와 같은 생각을 합니다. 그건 도덕적으로 문제가 있는 사람들도 마찬가지죠. 바로 지금 도덕심이 결여된 환자가 저 안에 헬메르와 함께 있어요.

린데 부인   (나지막하게) 이런……!

노라   누구를 말씀하시는 거예요?

랑크   아, 부인이 모르는 사람일 겁니다. 크로그스타드 변호사 말입니다. 그는 뼛속까지 썩은 사람이지요. 그런데 그 사람이 꺼낸 첫마디가 아주 중요한 말이라도 되는 양 살아야겠다는 거였습니다.

노라   어머, 무슨 이유로 토르발을 만나러 온 거래요?

랑크   글쎄요. 제가 들은 바로는 은행과 관련이 있는 이야기라는 것밖에 모르겠네요.

노라   크로그, 그러니까 그 변호사가 은행과 관련이 있는 줄은 몰랐어요.

랑크   그러게 말입니다. 은행에서 자리를 하나 맡고 있다네요.
(린데 부인을 바라보며) 부인이 사시던 곳도 그런지 모르겠
습니다만, 여기는 부패의 냄새를 찾아다니다가 그럴싸한
기미가 보인다 치면 계속 주시하면서 이용해 먹으려는 사
람들이 있답니다. 정직한 사람은 따돌림을 당하기가 쉽죠.

린데 부인   음, 그런 병자는 치료를 받아야 할 것 같네요.

랑크   (어깨를 으쓱하며) 바로 그거예요! 그렇게 생각하면 사회
전체가 병원이 되는 셈이지요!

(노라는 혼자만의 생각에 잠겨 있다가 갑자기 조용히 웃더니 손뼉을
친다.)

랑크   왜 제 말에 웃으시나요? 사회의 실상을 제대로 알기나
하시나요?

노라   제가 케케묵은 사회에 관심 가질 게 뭐 있나요? 저는 다
른 일 때문에 웃었답니다. 굉장히 재미있는 일이지요. 랑
크 박사님, 말씀 좀 해보세요. 그 은행에서 일하는 사람
들은 모두 토르발한테 의지하게 되는 건가요?

랑크   그게 그렇게도 재미있는 일인가요?

노라   (미소를 짓고 흥얼거리며) 아, 신경 쓰지 마세요, 신경 쓰지
말아요! (거실을 서성거리며) 그럼요. 우리가, 그러니까 토

르발이 그렇게 많은 사람을 좌지우지할 힘이 있다는 걸 생각만 해도 굉장히 재미있어요. (주머니에서 봉지를 꺼내며) 랑크 박사님, 마카롱 하나 드실래요?

랑크 마카롱이라고요? 이런, 이런! 이 집에서는 마카롱이 금지된 걸로 알고 있었는데요!

노라 그래요. 그렇지만 이건 크리스티나가 준 선물인걸요.

린데 부인 뭐라고? 하지만 난……?

노라 아니야, 아니야, 걱정하지 마. 넌 토르발이 마카롱을 금지시킨 걸 몰랐잖아. 사실 토르발은 마카롱 때문에 이가 썩을까 봐 걱정하거든. 하지만 치, 이번 한 번쯤은 괜찮지 뭐! 랑크 박사님, 안 그래요? 여기 있어요! (노라는 랑크의 입에 마카롱을 쏙 집어넣는다.) 자, 크리스티나, 너도 먹어. 나도 하나 먹어야지. 아주 작은 걸로 말이야. 흠, 아니면 딱 두 개만 먹을까. (다시 거실을 서성이며) 우와, 정말 엄청나게 행복하다! 이제 내가 세상에서 절실하게 원하는 건 딱 하나뿐이야.

랑크 아하? 그게 뭔가요?

노라 진짜로 토르발 앞에서 하고 싶은 말이 하나 있어요.

랑크 그런데 왜 말하지 않는 거죠?

노라 아, 엄두를 못 내겠어요. 나쁜 이야기거든요.

린데 부인 나쁜 이야기라고?

랑크   그러면 말하지 않는 게 낫겠군요. 그렇지만 우리한테
        야…… 토르발 앞에서 그렇게 하고 싶은 말이 무엇일까요?

노라   저는 정말로 이렇게 말하고 싶어요. 죽을 만큼 고통스러
        워요!

랑크   정신이 나갔군요!

린데 부인   이런, 맙소사, 노라.

랑크   그가 저기 오네요. 말하세요.

노라   (마카롱을 감추며) 쉿! 쉿!

(헬메르가 팔에 외투를 걸치고 손에 모자를 든 채 서재에서 나온다.)

노라   (헬메르에게 다가서며) 토르발, 그분을 보냈나 보네요?

헬메르   응, 금방 돌아갔어.

노라   소개할 사람이 있어요. 이쪽은 크리스티나예요. 오늘 이
        도시에 도착했답니다.

헬메르   크리스티나라고? 죄송합니다. 실례지만 저는 잘…….

노라   토르발, 린데 부인이라고요! 아, 크리스티나 린데 말이
        에요.

헬메르   아, 그래요. 제 아내와는 어린 시절 친구지요?

린데 부인   예, 아주 오래전부터 알고 지냈답니다.

노라   생각해봐요. 크리스티나가 당신을 만나려고 그 먼 길을

왔다니까요!

헬메르 나를 만나려고?

노라 크리스티나는 사무를 굉장히 능숙하게 보거든요. 그리고 진짜 능력 있는 사람 밑에서 일하면서 지금보다 실력을 더 쌓기를 간절히 원한대요.

헬메르 참 현명하시군요, 부인.

노라 그래서 당신이 은행장으로 임명됐다는 말을 듣고…… 그 소식을 담은 전보가 돌았나 봐요. 최대한 빨리 여기로 온 거예요. 토르발, 크리스티나를 도와줄 수 있지요? 그렇죠? 나를 기쁘게 해주기 위해서라도요!

헬메르 흠, 불가능한 일은 아니지……. 린데 부인, 미망인이 되셨다지요?

린데 부인 그렇습니다.

헬메르 그러면 상업 분야에서 일한 경험이 있나요?

린데 부인 예, 상당히 오래 했답니다.

헬메르 아, 그러면 제가 부인에게 일자리를 찾아드릴 수 있을 것 같군요.

노라 (손뼉을 치며) 됐어! 내 말이 맞지?

헬메르 딱 적절한 때에 오셨네요, 부인.

린데 부인 이루 말할 수 없을 정도로 감사합니다.

헬메르 아니, 그렇게까지 말씀하실 필요 없습니다. (외투를 입으며) 저는 일이 있어 이만 실례하겠습니다.

랑크   잠깐 기다리게. 나도 같이 가지. (모피 외투를 복도에서 가
      져와 난로에 대고 덥힌다.)

노라   토르발, 너무 늦지 말아요.

헬메르   한 시간 안에 돌아올 거야.

노라   크리스티나, 너도 가려고?

린데 부인   (외투를 입으며) 응, 이제 가서 방을 구해봐야지.

헬메르   그럼 우리 셋이 같이 나가면 되겠군요.

노라   (옷을 입는 린데 부인을 도우며) 우리 집에 남는 방이 없어서
      참 속상하네. 어쩌면…….

린데 부인   아니야, 그런 생각 하지 마. 노라, 잘 있어. 그리고
      정말 고마워.

노라   그래 일단은 인사하자. 하지만 오늘 저녁에 다시 올 거
      지? 박사님도 오셔야 해요. 뭐라고요? 기분이 내키면 오
      시겠다고요? 물론 그러시겠지요. 자, 일단 따뜻하게 챙겨
      입으세요!

(네 사람은 이야기를 나누며 복도로 나간다. 그때 계단에서 아이들의
목소리가 들린다.)

노라   아이들이 왔네요! 아이들이 왔어요! (뛰어가서 문을 연다.

유모인 안네마리아가 아이들과 함께 들어온다.) 어서 와, 어서 들어와! (허리를 굽혀 아이들에게 키스한다.) 아유, 귀여운 내 새끼들! 크리스티나, 애들 좀 봐. 다들 예쁘지?

랑크 찬바람이 들어오는 곳에서 이야기하지 말고 들어가요.

헬메르 린데 부인, 어서 가시지요. 여기는 어머니가 아닌 사람들이 낄 자리가 아니네요.

(헬메르와 랑크, 린데 부인은 계단을 내려간다. 유모는 아이들과 거실로 들어가고 뒤따라가던 노라가 복도로 통하는 문을 닫는다.)

노라 다들 예쁘고 건강해 보이는구나! 우와, 볼이 분홍빛이네. 사과와 장미 빛깔이구나! (이어서 아이들과 계속 이야기를 나눈다.) 재미있게 놀았니? 그래, 잘했어. 아, 그래서 에미랑 밥을 네 썰매에 태워줬어? 둘 다? 우와, 대단한걸! 이바르, 이제 다 컸구나. 잠깐만, 안네마리아, 내가 아이를 안을게. 귀여운 내 아기! (유모한테서 막내아이를 건네받더니 춤을 춘다.) 그래, 그래, 밥하고도 춤을 출게! 뭐라고? 눈싸움을 했어? 우와, 엄마도 같이 갔으면 좋았을걸. 아니, 아니야. 안네마리아, 그냥 둬. 내가 애들 옷을 벗길게. 그래, 내가 하게 해줘. 얼마나 재미있는데. 이런 진짜 추워 보이네. 안네마리아, 옆 방 난로 위에 보면 뜨

44

거운 커피가 있을 거야.

(유모는 왼쪽에 있는 방으로 들어간다. 노라는 아이들의 외출복을 벗겨 여기저기 던져놓으며 아이들과 이야기를 나눈다.)

노라 어머! 그럼 큰 개가 따라왔어? 너희를 물지는 않았지? 그럼, 아니지. 개는 너희처럼 예쁜 아이들을 물지 않는단다! 이바르, 그 상자들을 들여다보면 안 돼! 그 안에 뭐가 들어 있느냐고? 흠, 나중에 알게 되면 엄청 좋아할걸! 아니야, 아니야, 그냥 다 별 볼 일 없는 것들이야! 놀고 싶다고? 그럼 뭘 하고 놀까? 숨바꼭질? 그래, 숨바꼭질을 하자. 밥, 네가 먼저 숨으렴. 엄마가? 좋아, 그럼 내가 먼저 숨을게.

(노라와 아이들은 거실과 오른쪽에 있는 방을 오가며 웃고 환호성을 지르며 논다. 마지막으로 노라가 식탁 아래에 숨는다. 아이들이 우르르 몰려와 찾지만 노라를 발견하지 못한다. 그러다가 노라의 숨죽인 웃음소리를 듣고 아이들은 식탁으로 달려가 식탁보를 들어 올린다. 엄마를 발견한 순간 아이들은 환호성을 지른다. 노라는 장난기가 발동해 아이들을 겁주려는 듯 네 발로 기어 나온다. 또다시 아이들이 크게 소리를 지른다. 그러는 사이에 현관문을 두드리는 소리가 나지만 아무도 듣지

못한다. 그때 문이 반쯤 열리면서 크로그스타드가 보인다. 숨바꼭질이 계속되고 크로그스타드는 잠깐 기다린다.)

크로그스타드 부인, 실례합니다…….

노라 (숨을 헉 하고 들이마신 뒤 몸을 돌려 반쯤 일어나며) 어머나! 무슨 일이죠?

크로그스타드 죄송합니다만, 현관문이 열려 있더군요. 누군가 문 닫는 걸 잊었나 봅니다.

노라 (일어서며) 크로그스타드 씨, 남편은 외출했는데요.

크로그스타드 예, 알고 있습니다.

노라 그렇다면 무슨 일로 온 거죠?

크로그스타드 부인과 말씀을 나누고 싶습니다.

노라 저하고요? (아이들을 향해) 안네마리아에게 가 있으렴. 응? 아니야, 이 낯선 아저씨는 엄마를 해치지 않을 거야. 이 아저씨가 가면 다시 엄마랑 놀자꾸나. (아이들을 왼쪽 방으로 데려가 들여보낸 뒤 문을 닫는다. 이어서 긴장된 말투로 조심스럽게) 저하고 말씀을 나누고 싶다고요?

크로그스타드 예, 그렇습니다.

노라 오늘이오? 그렇지만 아직 1일이 아니잖아요…….

크로그스타드 아니지요, 허나 크리스마스이브가 아닙니까? 부인이 행복한 크리스마스를 보낼지 아닐지는 모두 부인에게 달려 있습니다.

노라　바라는 게 뭐예요? 오늘은 줄 여유가…….

크로그스타드　그 이야기는 나중에 하지요. 저는 다른 용건으로
　　　왔습니다. 잠깐 시간을 내주시겠습니까?

노라　음, 예, 그러지요. 그렇지만…….

크로그스타드　좋습니다. 올센 식당에 앉아 있는데 부인의 남편
　　　이 걸어가는 게 보이더군요.

노라　그래서요?

크로그스타드　어느 여자분하고요.

노라　그래서요?

크로그스타드　그 여자분이 린데 부인인지 감히 여쭤봐도 될까요?

노라　예, 맞아요.

크로그스타드　오늘 이곳에 도착했군요.

노라　그래요, 오늘 왔어요.

크로그스타드　린데 부인은 부인과 친한 친구죠?

노라　그래요, 맞아요. 그나저나 왜 그런 걸…….

크로그스타드　저도 한때 알던 분입니다.

노라　예, 알고 있어요.

크로그스타드　그래요? 아신단 말이지요? 그럴 거라고 생각했습
　　　니다. 좋아요, 그럼 직설적으로 여쭤보겠습니다. 린데 부
　　　인은 은행에 취직할 건가요?

노라　크로그스타드 씨, 제 남편의 부하 직원인 당신이 감히 저에게 그런 질문을 하다니요. 어쨌든 물어보시니 대답하죠. 그래요, 린데 부인은 은행에 취직할 거예요. 제가 추천했어요. 크로그스타드 씨, 이제 아셨죠?

크로그스타드　예, 그럴 줄 알았습니다.

노라　(거실을 이리저리 왔다 갔다 하며) 그러니 제가 조금은 영향력이 있다고 봐야겠죠. 여자라고 해서 다 그럴 수 있는 건 아니랍니다. 그리고 크로그스타드 씨, 다른 사람 밑에 있는 사람이라면 피해가 가지 않도록 조심해야죠. 그러니까 누구에게냐면…….

크로그스타드　영향력이 있는 사람에게요?

노라　바로 그거예요.

크로그스타드　(말투를 바꾸며) 부인, 저를 위해 그 영향력을 다시 한 번 발휘해주시겠습니까?

노라　어떻게요? 아니, 그게 무슨 말이죠?

크로그스타드　제가 은행에서 말단 자리를 지킬 수 있게 친절을 베풀어주시겠어요?

노라　무슨 뜻이죠? 누가 그 자리를 뺏으려고 하나요?

크로그스타드　아, 모르는 척하실 필요 없습니다. 부인도 부인의 친구분이 저와 계속 마주쳐야 하는 상황이 별로 달갑지 않으실 겁니다. 게다가 제가 쫓겨난다면 그게 누구 탓인지도 이제 확실히 알겠습니다.

노라 그렇지만 장담하건대…….

크로그스타드 예, 물론이지요, 그러시겠지요. 이쯤에서 변죽은 그만 울리도록 하지요. 아직 시간이 있을 때 부인의 영향력을 발휘해서 제가 쫓겨나지 않도록 막아주시는 게 좋을 겁니다.

노라 하지만 크로그스타드 씨, 저는 그런 영향력이 없답니다.

크로그스타드 없다고요? 방금 뭐라고 말씀하셨습니까?

노라 당연히 그런 뜻이 아니었어요. 설마 제가요? 어떻게 제가 그런 일에 남편한테 영향력을 행사할 수 있다고 생각하는 거죠?

크로그스타드 흠, 저는 부인의 남편분을 학생 시절부터 잘 알고 있습니다. 우리의 고귀한 은행장님도 다른 남편들처럼 융통성을 발휘하실 수 있겠지요.

노라 제 남편을 모독하는 말을 하면 당장 내쫓겠어요!

크로그스타드 참 용감하신 분이군요.

노라 저는 더 이상 당신이 무섭지 않아요. 새해가 되면 모든 거래에서 벗어나게 될 거예요.

크로그스타드 (화를 누그러뜨리며) 부인, 제 말 잘 들으세요. 필요하다면 저는 은행의 말단 자리를 지키기 위해 목숨을 걸고서라도 싸울 겁니다.

노라 그럴 것 같군요.

크로그스타드 단순히 돈 때문이 아닙니다. 돈은 아주 작은 이유지요. 다른 이유가 있습니다……. 음, 아무래도 부인께도 말씀드려야겠군요. 사실은 이렇습니다. 물론 부인도 아시겠지요, 다들 아니까요. 저는 몇 년 전 어떤 문제에 휘말렸습니다.

노라 그 이야기를 들어본 것 같군요.

크로그스타드 그 문제로 법정까지는 가지 않았습니다. 하지만 그때 이후로 모든 기회가 막혀버렸죠. 그래서 부인께서도 알고 있는 사업으로 들어섰던 겁니다. 어떻게든 살아야 했으니까요. 그리고 저는 다른 사람들처럼 그렇게 악랄하게 사업을 하지 않았다고 당당하게 말할 수 있습니다. 그렇지만 이제는 그런 일들을 모두 그만두고 싶습니다. 제 아들들이 자라고 있으니까요. 그 아이들을 위해서라도 이 도시에서 제 명예를 회복하고 싶습니다. 은행에서의 제 자리가 그 목표를 향한 첫 단계입니다. 그런데 이제 부인의 남편께서 저를 사다리에서 밀어내어 진흙탕으로 다시 떨어뜨리려고 하는군요.

노라 하지만 크로그스타드 씨, 솔직히 말해서 저는 당신을 도와드릴 능력이 없어요.

크로그스타드 그거야 부인이 저를 도우려 하지 않기 때문이지요. 저한테는 부인이 돕게 만들 방법이 있습니다.

노라 제가 크로그스타드 씨한테서 돈을 빌렸다고 제 남편에게 말할 생각은 아니겠지요?

크로그스타드 아하, 제가 그 말씀을 드린다면 어떨까요?

노라 그건 아주 비열한 짓이에요. (울음 섞인 목소리로) 저는 그 비밀을 자랑스럽게 여겨왔어요. 남편이 잔인하고 흉측한 방식으로, 그것도 당신한테서 그런 말을 듣는다면 전 견딜 수 없을 거예요. 절 불쾌하게 만들려고 작정한 것 같군요.

크로그스타드 그저 불쾌함뿐일까요?

노라 (성급하게) 좋아요. 제 남편한테 말하세요! 그래 봤자 당신에게 좋을 게 하나도 없을걸요. 그럼 제 남편은 당신이 얼마나 짐승 같은 사람인지 알게 될 거고, 분명히 당신은 그 자리에서 쫓겨날 거예요.

크로그스타드 부인이 두려워하는 게 그저 집안에서의 불쾌함뿐일지 여쭈었을 텐데요?

노라 제 남편이 그 사실을 알게 된다면 당연히 남아 있는 빚이 얼마가 됐든 다 갚아줄 거예요. 그렇게 되면 더는 당신을 상대하지 않아도 되겠죠.

크로그스타드 (노라를 향해 한 발 내디디며) 부인, 잘 들으세요. 아무래도 제 기억력이 별로 좋지 못하거나, 부인이 이 계통의 사정을 잘 모르시는 것 같군요. 제가 좀 더 분명하게 말씀드릴까요?

노라 무슨 말이죠?

크로그스타드 부인의 남편이 병에 걸렸을 때 부인은 1,200달러를 빌리러 저한테 왔지요.

노라 달리 갈 곳이 없었으니까요.

크로그스타드 저는 돈을 구해드리겠다고 약속했습니다.

노라 그리고 약속대로 돈을 구해줬지요.

크로그스타드 저는 특정한 조건으로 돈을 구해드리겠다고 약속했습니다. 그때 부인은 남편의 병이 몹시 걱정스러워 여행에 필요한 돈을 구하느라 조급했지요. 그렇다 보니 조건에 별로 신경을 쓰지 않으셨던 것 같군요. 그러니 그 조건을 다시 알려드려야겠군요. 음, 제가 작성한 어음을 받고 돈을 구해드리겠다고 약속했지요.

노라 맞아요, 제가 서명했지요.

크로그스타드 바로 그겁니다. 그런데 저는 거기에 부인의 아버님을 보증인으로 삼는 조항을 몇 줄 삽입했고, 부인의 아버님께서 그 조항에 서명해야 했죠?

노라 그랬던가요? 어쨌든 아빠가 서명하셨잖아요.

크로그스타드 당시 저는 날짜를 적는 칸을 비워두었죠. 다시 말해 부인의 아버님께서 서류에 서명하면서 날짜를 직접

쓰도록 해뒀단 말입니다. 기억나시나요?

노라　예, 그런 것 같아요…….

크로그스타드　그리고 나서 저는 부인의 아버님께 우편으로 보내도록 부인한테 서류를 드렸지요? 맞습니까?

노라　그래요.

크로그스타드　물론 부인은 즉시 아버님께 서류를 보냈을 겁니다. 부인은 대엿새도 지나지 않아 부인의 아버님께서 서명한 서류를 바로 저에게 가져왔으니까요. 그리고 저는 돈을 빌려드렸지요.

노라　그래서요? 그동안 날짜에 맞춰 돈을 갚았잖아요?

크로그스타드　예, 날짜를 잘 맞추셨죠. 어쨌든 본론으로 돌아가 보죠. 부인은 그때 아주 힘든 일을 겪고 계셨죠?

노라　예, 정말로 힘들었어요.

크로그스타드　부인의 아버님께서 편찮으셨다고 알고 있는데요, 맞나요?

노라　위중하셨죠.

크로그스타드　그리고 나서 얼마 뒤에 돌아가셨죠?

노라　맞아요.

크로그스타드　그럼 부인, 혹시 아버님이 돌아가신 날짜를 기억하십니까? 몇 월 며칠이었는지 구체적으로요.

노라　아빠는 9월 29일에 돌아가셨어요.

크로그스타드 맞습니다. 제가 직접 확인해봤지요. 그런데 이상한 점이 있단 말입니다. (서류를 꺼내며) 제 입장에서는 확실히 설명할 수가 없는······.

노라 이상한 점이라니요? 대체 무슨 말인지 모르겠네요.

크로그스타드 헬메르 부인, 이상한 점은 말이요, 부인의 아버님께서 이 약속어음에 서명한 날짜가 돌아가신 지 삼 일 뒤라는 점입니다.

노라 어떻게 그럴 수 있죠? 이해가 안 가네요.

크로그스타드 부인의 아버님은 9월 29일에 돌아가셨지요. 하지만 이 어음을 보세요. 부인의 아버님이 서명하면서 적은 날짜가 10월 2일입니다. 부인, 뭔가 이상하지 않나요?

(노라는 아무 말도 하지 않는다.)

크로그스타드 설명해주시겠습니까?

(여전히 노라는 아무 말도 하지 않는다.)

크로그스타드 또 이상한 점이 있는데요, 연도와 10월 2일이라는 날짜를 쓴 것은 부인의 아버님 필체가 아닙니다. 하지만 저는 이 필체가 누구의 것인지 알 듯합니다. 흠, 물론

이렇게 생각할 수도 있겠지요. 부인의 아버님께서 날짜 쓰는 것을 잊어버리는 바람에 누군가가 대신 날짜를 추측해서 적었다고요. 뭐, 그거야 문제 될 게 없지요. 중요한 것은 서명이니까요. 헬메르 부인, 이 서명이 진짜가 맞나요? 정말로 부인의 아버님께서 이 서명을 하셨나요?

노라   (잠시 침묵하다가 고개를 꼿꼿이 세우고 도전적으로 크로그스타드를 바라보며) 아니요, 그렇지 않아요. 제가 아빠의 서명을 적었어요.

크로그스타드   이런, 부인, 그렇게 인정하면 자신이 아주 위험하다는 사실을 알고 계시나요?

노라   왜요? 곧 당신 돈을 다 갚을 텐데요.

크로그스타드   그럼 한 가지 여쭤봐도 될까요? 부인은 왜 아버님께 서류를 보내지 않으셨나요?

노라   보낼 수가 없었어요. 아빠가 너무 위독하셨으니까요. 아빠한테 서명을 부탁하려면 돈이 필요한 이유도 말씀드려야 했을 거예요. 본인의 병도 위중한 아빠한테 남편의 목숨이 위험하다는 말을 도저히 할 수가 없었어요. 절대로 그럴 수 없었어요.

크로그스타드   그렇다면 해외여행을 포기하는 편이 나았을 텐데요.

노라   아니요, 그럴 수 없었어요. 남편의 목숨을 살리기 위한 여행이었어요. 그런 이유로 가는 여행인데 어떻게 포기할 수 있었겠어요?

크로그스타드   하지만 저를 속이는 거라는 생각이 들지 않던가요?

노라   그것까지 신경 쓸 겨를이 없었어요. 당신 생각을 해줄 수 없었다고요. 저는 당신의 냉혹한 태도를 견딜 수가 없었어요. 제 남편이 얼마나 위중한지 알면서도 일을 복잡하게 만들었으니까요.

크로그스타드   부인, 부인은 자신이 지은 죄를 자각하지 못하시는군요. 아무래도 모르시는 것 같아 말씀드리지요. 부인이 저지른 짓은 과거에 제 평판을 망가뜨렸던 잘못보다 더하면 더했지 덜하지 않습니다.

노라   당신이오? 당신이 부인의 목숨을 구하려고 용감하게 행동하기라도 했다는 말인가요?

크로그스타드   법은 동기를 고려하지 않습니다.

노라   그렇다면 아주 멍청한 법이군요.

크로그스타드   멍청하든 아니든, 제가 이 서류를 법정에 제출하면 부인은 즉시 그 법에 따라 판결을 받습니다.

노라   못 믿겠어요. 죽어가는 아빠가 걱정하고 불안해하는 일이 없도록 막는 게 딸의 도리가 아닌가요? 남편의 목숨을 구하는 게 아내의 도리가 아닌가요? 저는 법을 잘 모르지만 그런 행동을 허용하는 조항이 분명히 있을 거예요. 그 정도는 아실 것 아니에요, 변호사님? 아니라면 크로그스타드 씨, 당신은 아주 멍청한 변호사예요.

크로그스타드 있을 수도 있지요. 그렇지만 제가 이런 거래를 잘 알고 있다는 사실을 부인도 인정하실 겁니다. 부인과 제가 그동안 해왔던 거래 말입니다. 좋습니다. 부인 좋으실 대로 하시지요. 그래도 이 말은 꼭 해야겠네요. 제가 다시 쫓겨난다면 부인도 저와 같은 신세가 될 겁니다! (인사를 하고 복도로 나간다.)

노라 (잠시 생각한 뒤에 고개를 저으며) 말도 안 돼! 그런 식으로 나를 겁주려 하다니! 나는 그렇게 어리석지 않다고. (아이들 옷을 정리하느라 바쁘게 움직이다가 갑자기 멈추며) 하지만…… 아니야, 그럴 리가 없어. 나는 사랑 때문에 한 일이라고!

아이들 (왼쪽에 있는 문가에서) 엄마, 처음 본 그 아저씨가 방금 현관을 나갔어요.

노라 그래, 그래, 엄마도 안단다. 그 아저씨 이야기는 아무에게도 말하면 안 된단다, 알겠니? 아빠한테도 말하면 안 돼.

아이들 알았어요, 엄마. 그러면 이리 와서 우리랑 다시 놀아주실래요?

노라 아니, 지금은 안 돼.

아이들 하지만 엄마, 약속하셨잖아요!

노라 그랬지, 하지만 지금은 안 되겠구나. 저리 가렴. 엄마는 바쁘단다. 어서 저리 가. 그래야 착한 아이지. (아이들을 방으로 부드럽게 들여보내고 문을 닫는다. 이어서 소파에 앉아서 바느질감을 들고 한두 땀을 놓다가 곧 그만둔다.) 안 돼! (바느질감을 집어던지고 벌떡 일어나 복도로 이어진 문으로 가서 외친다.) 헬레나, 나무를 가져다줘. (왼쪽에 있는 탁자로 가서 서랍을 열고는 그대로 서 있다.) 안 돼! 절대로 그럴 수 없어!

하녀 (크리스마스트리를 들고 들어와서) 헬메르 부인, 어디에 놓을까요?

노라 여기, 거실 가운데에 놓아줘.

하녀 시킬 일이 더 있으신가요?

노라 아니, 고마워. 필요한 건 다 있어.

(하녀는 크리스마스트리를 내려놓고 나간다.)

노라 (크리스마스트리를 분주하게 장식하며) 초는 여기에, 꽃은 여기에……. 징그러운 인간 같으니라고! 말도 안 돼, 죄다 말도 안 되는 소리라고! 멋진 크리스마스트리를 만들 거야. 토르발, 당신이 원하는 건 뭐든지 할 거예요. 노래도 부르고 춤도 추고…….

(헬메르가 서류 한 뭉치를 옆구리에 끼고 들어온다.)

노라 어머, 벌써 돌아왔어요?

헬메르 응. 누가 왔어?

노라 집에요? 아니요.

헬메르 이상하네. 크로그스타드가 우리 집에서 나가는 걸 봤는데.

노라 그랬어요? 아, 맞아요. 크로그스타드가 잠깐 들렀어요.

헬메르 노라, 당신 얼굴을 보니 그 사람이 나한테 잘 말해달라고 간청하고 간 게 분명해 보이는데.

노라 맞아요.

헬메르 그리고 당신은 스스로 생각해낸 것처럼 말하려고 했겠지. 그 사람이 여기 왔다는 걸 나한테 알리지 않을 참이었어. 그 사람이 그렇게 부탁했군, 안 그래?

노라 그래요, 토르발. 하지만…….

헬메르 노라, 노라, 그런 일에 가담하고 싶어? 그런 사람과 이야기를 하고 약속을 하다니! 게다가 나한테 거짓말까지 하면서 말이야!

노라 거짓말이라니요?

헬메르 아무도 안 왔다고 하지 않았소? (노라를 향해 손을 흔들며) 나의 작은 종달새는 다시는 그러면 안 돼. 종달새는 청명한 목소리로 노래를 해야지. 틀린 곡조를 부르면 안 된다고. (한 팔로 노라를 안으며) 그렇지 않아? 그래, 그럴 줄 알았어. (노라를 풀어주며) 이제 그 이야기는 더는 하지 맙시다. (난로 옆에 앉으며) 아, 아늑하고 편안하군! (그리 고 서류를 훑어본다.)

노라 (잠시 크리스마스트리를 장식하고 나서) 토르발?

헬메르 응?

노라 모레가 정말 기다려져요. 스텐보그 씨 댁에서 열릴 가장 무도회 말이에요.

헬메르 그렇군. 그리고 나는 당신이 어떻게 날 놀래줄 계획인 지 '정말' 궁금해.

노라 아이, 진짜 별거 아닐 거예요.

헬메르 그래?

노라 아직 신통한 생각이 안 나요. 죄다 바보 같고 적절하지 못한 것 같아요.

헬메르 그러니까 작은 노라가 그걸 깨달았단 말이지?

노라 (헬메르가 앉은 의자 뒤로 가서 양팔을 의자 등에 얹은 채) 토르 발, 많이 바빠요?

헬메르 음…….

노라 그 서류들은 다 뭐예요?

헬메르 은행 일이야.

노라   벌써요?

헬메르   퇴직할 은행장에게 인사와 업무 지시를 변경할 전권을 달라고 부탁했지. 크리스마스 주 내내 이 일을 해야 해. 새해 첫날이 되기 전에 모두 마무리해놓고 싶어.

노라   그래서 그 불쌍한 크로그스타드가…….

헬메르   으흠!

노라   (여전히 의자 등에 기댄 채 부드럽게 헬메르의 머리를 쓰다듬으며) 토르발, 당신이 많이 바쁘지 않다면 무지하게 큰 부탁을 하고 싶은데…….

헬메르   음, 뭔데 그래? 말해봐.

노라   당신처럼 취향이 좋은 사람이 없잖아요. 그리고 난 가장 무도회에서 멋지게 보이고 싶어요. 토르발, 내가 무엇으로 가장할지, 그러니까 무슨 옷을 입을지 결정해줄래요?

헬메르   아하! 그러니까 나의 작은 고집불통이 혼자 결정할 자신이 없어 구해줄 사람이 필요하다는 건가?

노라   맞아요, 토르발. 난 당신의 도움 없이는 아무것도 못 한다니까요.

헬메르   그래, 그래. 생각해보지. 같이 한번 찾아보자고.

노라   우와, 정말 고마워요! (다시 크리스마스트리 쪽으로 가더니 움직이지 않고 그냥 서 있다.) 이 빨간 꽃이 정말 예쁘네요. 크로그스타드라는 사람에 대해서 좀 말해봐요. 그 사람이 한 일이 정말로 나쁜 짓이었나요?

헬메르 그 사람은 서명을 날조했어. 그게 무슨 의미인지 모르겠어?

노라 그럴 수밖에 없는 절박한 이유가 있지 않았을까요?

헬메르 그럴 수도 있지. 아니면 다른 많은 사람처럼 그저 무모한 행동이었을 수도 있고. 난 실수 하나만 보고 사람을 비난할 정도로 성급한 성격은 아니라고.

노라 그렇고말고요. 토르발, 당신은 그럴 사람이 아니죠, 안 그래요?

헬메르 많은 사람이 자신의 죄를 솔직하게 자백하고 벌을 받는다면 잘못을 만회할 수도 있지.

노라 벌⋯⋯이라고요?

헬메르 그렇지만 크로그스타드는 전혀 그러지 않았어. 요령과 속임수를 써서 요리저리 빠져나가려고만 했지. 그래서 타락하게 된 거야.

노라 그러면 당신 생각에는⋯⋯?

헬메르 그렇게 죄 있는 작자들이 얼마나 많은 거짓말을 하고 속임수를 써야 하는지, 얼마나 많은 사람에게 위선을 떨어야 하는지 생각해보라고. 자신과 가장 가까운 사랑하는 사람들에게조차 가면을 써야겠지. 그러니까 부인과 자식들한테까지 말이야. 맞아, 노라, 다른 사람도 아니고 자식들한테까지 그렇게 해야 한다는 게 최고로 끔찍한 일이지.

노라 왜요?

헬메르 그렇게 거짓말로 점철된 분위기는 가정생활을 오염시키고 결국 불행하게 만들거든. 그런 집에서는 아이들이 들이마시는 공기에 사악한 병균이 가득 차 있지.

노라 (헬메르의 뒤로 가까이 붙으며) 정말로 그럴까요?

헬메르 여보, 변호사 일을 하면서 그런 일을 자주 봤어. 타락한 젊은이들 가운데 거의 대부분은 어머니가 거짓말쟁이였다고.

노라 왜 어머니만 탓하는 거죠?

헬메르 변호사라면 다 잘 알다시피 어머니의 잘못이 자식한테 큰 영향을 주니까. 물론 아버지도 그에 못지 않은 영향을 미치기는 하지만 말이야. 그리고 이 크로그스타드라는 작자는 수년 동안 매일 집에 가서 자식들에게 거짓말과 속임수라는 병균을 오염시킨 게 분명해. 그래서 내가 그 남자를 도덕적으로 망나니라고 부르는 거야. (양손을 노라에게 내밀며) 그러니 사랑하는 나의 작은 노라는 그 남자가 이유가 있었을 거라고 나를 설득하려 하면 안 돼. 자, 그렇게 합의를 보자고. 어디 보자, 이게 뭔가. 그래, 내 손을 잡아봐……. 훨씬 낫군. 이제 합의한 거야. 짚고 넘어가자면 나는 그 남자와 일하기가 불가능할 거야. 나는 그런 사람이 옆에 있으면 진짜로 몸이 아파지는 기분이라고.

노라　(헬메르에게 잡힌 손을 빼고 반대편에 있는 크리스마스트리 쪽으로 가며) 거실이 정말 따뜻하네요! 그리고 난 할 일이 아주 많아요.

헬메르　(자리에서 일어나 서류를 모으며) 그래, 나도 저녁 식사를 하기 전에 이들 서류 중 몇 건을 살펴봐야겠어. 당신의 가장무도회용 드레스도 생각해보고. 그리고 뭔가를 금종이에 싸서 크리스마스트리에 달아놓을지도 모르지. (양손으로 노라의 머리를 잡으며) 사랑스러운 나의 작은 종달새! (서재로 들어가 문을 닫는다.)

노라　(잠시 후 조용한 목소리로) 아, 안 돼! 사실일 리가 없어. 아니야, 말도 안 돼. 말도 안 된다고!

유모　(왼쪽 문가에서) 아이들이 엄마랑 놀고 싶어 하네요. 아주 귀엽게 졸라대는데요.

노라　안 돼, 안 돼! 아이들이 내 옆에 못 오게 해. 계속 유모가 데리고 있어.

유모　알겠습니다, 헬메르 부인. (문을 닫는다.)

노라　(두려움으로 하얗게 질려서) 내 아이들을 타락시킨다고? 내 가정을 불행하게 만든다고? (잠시 멈춰 서 있다가 고개를 바짝 쳐든다.) 사실이 아니야! 절대로 그럴 리 없어.

제2막

같은 거실. 피아노 옆 구석에 크리스마스트리가 서 있다. 장식이 모두 떼어지거나 흐트러져 있고 타다 남은 양초 조각만 남아 있다. 소파에는 노라의 외출복이 놓여 있다.

(노라는 혼자서 초조하게 거실 안을 서성인다. 마침내 소파 옆에 멈춰서 더니 망토를 집어 든다.)

노라　(다시 망토를 내려놓으며) 누가 오나 봐! (문가로 가서 바깥 소리에 귀를 기울인다.) 아니야. 아무도 안 왔어. 당연히 오늘 같은 날 누가 올 리가 없지. 크리스마스 날이잖아. 내일도 마찬가지일 거야. 그렇지만 혹시…… (문을 열고 내다본다.) 아니야, 우편함에 아무것도 없어. 완전히 비었어. (거실로 돌아온다.) 말도 안 되지. 그 남자가 진심으로 그런 말을 하지는 않았을 거야. 그런 일이 일어날 리 없어. 불가능하다고. 난 어린아이가 셋이나 있는데!

유모 (커다란 종이 상자를 들고 왼쪽 방에서 나오며) 드디어 가장무도회용 상자를 찾았답니다.

노라 고마워. 탁자에 올려줘.

유모 (노라의 말대로 하며) 그런데 상태가 아주 안 좋네요.

노라 갈기갈기 찢어버려야겠어.

유모 당치도 않아요! 금방 고칠 수 있을 거예요. 인내심을 조금만 발휘한다면요.

노라 알았어. 린데한테 가서 도와달라고 하지 뭐.

유모 다시 나가신다고요? 이런 지독한 날씨예요? 심한 감기에 걸리실 거예요, 노라 아씨, 헬메르 부인!

노라 글쎄, 그보다 훨씬 더 심각한 일도 많은데 뭘. 아이들은 뭐 하고 있어?

유모 그 가여운 아이들은 지금 선물을 갖고 놀고 있기는 하지만……

노라 자꾸 나를 찾아?

유모 늘 엄마랑 같이 있는 습관이 들어서요.

노라 유모, 그렇지만 이제 예전처럼 늘 아이들과 같이 있을 순

없어.

유모   아, 예, 아이들은 무슨 일에나 금방 익숙해진답니다.

노라   그럴까? 엄마가 아주 사라져버려도 아이들은 엄마를 금
방 잊을까?

유모   아주 사라지다니요? 맙소사…….

노라   말해봐, 안네마리아. 계속 궁금했어. 유모는 대체 어떻게
자기 아이를 낯선 사람들 손에 맡길 수 있었지?

유모   저의 귀여운 노라 아씨의 유모 노릇을 하자면 어쩔 수 없
는 일이었는걸요.

노라   그렇지. 하지만 어떻게 해서 그런 일을 하게 된 거야?

유모   좋은 일자리가 생겼으니까요. 곤경에 처한 가난한 아가
씨라면 누구라도 감사히 넙죽 받아들였을 거예요. 그리
고 그 불한당 같은 남자는 저를 위해 아무것도 해주지
않았으니까요.

노라   지금쯤 유모의 딸은 엄마를 거의 잊었겠지?

유모   아니에요. 사실은 전혀 그렇지 않아요. 제 딸은 견진성
사를 받았을 때 저한테 편지를 보냈고, 결혼할 때도 또
편지를 보냈답니다.

노라   (유모를 두 팔로 안으며) 사랑하는 유모 할멈, 유모는 내가
어렸을 때 정말 좋은 엄마가 돼줬어.

유모   가여운 노라 아씨. 노라 아씨는 저 말고는 엄마가 없었

으니까요.

노라 그리고 내 아이들이 엄마가 없다면 분명히 유모가……. 이런, 이건 말도 안 되는 소리지. (상자를 열며) 이제 아이들한테 가봐. 난 반드시……. 내일이면 유모는 내 멋진 모습을 보게 될 거야.

유모 그럴 거예요, 마님은 파티에서 그 누구보다 예쁘실 거예요. (왼쪽에 있는 방으로 들어간다.)

노라 (상자를 열기 시작했다가 곧 한쪽으로 치우며) 아, 내가 밖으로 나갈 용기만 있다면! 내가 나간 사이에 아무도 찾아오지 않으리라고, 집에 아무 일도 일어나지 않으리라고 확신할 수만 있다면……. 아니야, 바보 같은 생각은 하지 말자. 아무도 안 올 거야. 그런 생각을 하면 안 돼. 토시에 빗질이나 해야지. 예쁜, 진짜 예쁜 장갑! 걱정하지 말자, 하지 말자고! 하나, 둘, 셋, 넷, 다섯, 여섯. (소리를 지른다.) 아, 온다! (문 쪽으로 가려다가 걸음을 멈추고 머뭇거린다.)

(린데 부인이 외출복을 복도에 두고 거실로 들어온다.)

노라 우와, 크리스티나, 너구나! 밖에 다른 사람은 아무도 없지? 네가 와서 정말 다행이야!

린데 부인 네가 나를 찾아왔다고 하던데…….

노라 응, 지나던 길이었어. 사실 네가 도와줄 일이 있어. 이리 와서 소파에 앉으렴. 있잖아, 윗집 사람들, 스텐보그 씨네 가족이 내일 밤에 가장무도회를 열거든. 토르발은 내가 나폴리의 처녀 어부처럼 꾸미고 가서 카프리 섬에서 배운 타란텔라 춤을 추었으면 해.

린데 부인 아하, 제대로 된 공연을 할 참이구나?

노라 응, 토르발이 나더러 그러라지 뭐니. 봐봐, 이게 그 옷이야. 우리가 거기서 살 때 토르발이 맞춰준 옷인데 이제는 너무 낡았어. 어떻게 해야 할지 도통 모르겠어.

린데 부인 아, 쉽게 고칠 수 있어. 가장자리 올이 조금 풀린 것뿐이잖아. 바늘하고 실 있어? 그렇지, 그것만 있으면 돼.

노라 정말 친절하구나.

린데 부인 (바느질을 하며) 그럼 노라, 내일 완전히 변장을 하겠네? 나도 내일 화려하게 변신한 너를 보러 잠깐 들러야겠다. 아참, 어제 저녁에 즐거운 시간을 보내게 해줘서 고맙다는 말을 한다는 걸 잊고 있었네.

노라 (일어나서 건너편으로 가며) 아, 어제 저녁은 평소처럼 즐겁지도 않았는데 뭐. 크리스티나, 네가 조금 더 빨리 왔으면 좋았을 텐데. 그래, 토르발은 집을 멋지고 편안하게 꾸미는 법을 잘 알지.

린데 부인 너도 마찬가지야. 진짜야! 그 아버지에 그 딸이라고 하잖아. 그런데 말이야, 랑크 박사님은 항상 어젯밤처럼 우울한 거야?

노라   아니, 어젯밤에는 무슨 일이 있는지 심했어. 하지만 그분은 진짜로 심각한 병이 있단다. 그 불쌍한 분은 척수 결핵을 앓고 있거든. 사실 그분의 아버지가 아주 지독한 양반이었어. 여자 문제니 뭐니 그런 거 있잖니. 그러니 아들이 평생 허약할 수밖에.

린데 부인   (바느질감을 내려놓으며) 아니, 노라, 그런 일들을 어떻게 알았어?

노라   (서성거리며) 휴, 아이가 셋이나 있으면 말이지, 어느 정도 의학 지식이 있는 아줌마 손님들이 꽤 찾아오게 마련이거든. 그리고 아줌마들은 이런저런 소문을 이야기하곤 하잖아.

린데 부인   (잠시 침묵하다가 다시 바느질을 하며) 랑크 박사님은 날마다 오시니?

노라   응, 그분은 토르발과 어렸을 때부터 친구거든. 내 좋은 친구이기도 하고. 음, 랑크 박사님은 우리 가족이나 마찬가지야.

린데 부인   그런데 말이야, 그분은 진실한 분이니? 무슨 말이냐면 사람들이 듣기 좋아하는 말이나 하는 그런 분은 아니니?

노라   전혀 그렇지 않아. 왜 그런 생각을 한 거야?

린데 부인 저기, 어제 네가 우리를 소개했을 때 그분은 이 집에서 내 이름을 자주 들었다고 하셨잖아. 그런데 나중에 보니 네 남편은 내가 누군지 전혀 모르는 것 같더라고. 그래서 혹시 랑크 박사님이⋯⋯?

노라 아, 그 이야기구나. 크리스티나, 있잖아, 토르발은 나를 너무 사랑하는 나머지 독점하려고 하거든. 결혼 초기에는 내가 고향에서 좋아했던 사람들 이야기만 해도 질투할 정도였어. 그래서 그런 이야기를 아예 꺼내지 않게 됐지. 그렇지만 랑크 박사님에게는 자주 고향 이야기를 하곤 했어. 그분은 내가 좋아했던 사람들의 이야기를 듣는 걸 좋아하시거든.

린데 부인 이런, 노라, 너는 여러 면에서 아직 어린애구나. 나는 많은 면에서 너보다 성숙하고 경험도 조금 많아. 너한테 하고 싶은 말이 있어. 랑크 박사님과 그러는 걸 그만둬야 해.

노라 뭘 그만둬야 하는데?

린데 부인 음, 두 가지야. 어제 넌 부유한 애인이 네게 돈을 주는 이야기를 했잖아.

노라 응, 하지만 불행하게도 그런 사람은 없어. 어쨌든 그게 어떻다고?

린데 부인 랑크 박사는 부자야?

노라 아, 그렇지.

린데 부인 그리고 그분은 부양할 사람이 한 명도 없지?

노라 아무도 없어. 하지만…….

린데 부인 그리고 이 집에 날마다 온다고?

노라 그래, 아까 말했잖아.

린데 부인 어떻게 그런 집안에서 자란 사람이 그리도 눈치가 없는 건지?

노라 네가 무슨 말을 하는지 전혀 모르겠어.

린데 부인 노라, 모르는 척하지 마. 네가 1,200달러를 누구에게 빌렸는지 내가 모르는 줄 알아?

노라 정신이 나간 거야? 어떻게 그런 생각을 할 수 있어? 매일 찾아오는 친구에게 돈을 빌렸다고? 그랬다면 서로 얼마나 곤란했겠니.

린데 부인 정말로 그분에게 빌린 게 아니야?

노라 아니라니까, 맹세해. 그런 생각은 한 번도 해본 적이 없어. 게다가 당시에 랑크 박사님은 빌려줄 돈도 없었어. 나중에야 재산을 상속받았지.

린데 부인 노라, 너에게는 참 다행스러운 일이야.

노라 아니! 랑크 박사님에게 돈을 빌려야겠다는 생각은 한 번도 해본 적이 없었다니까. 물론 내가 부탁하면 흔쾌히 빌려주실…….

린데 부인　그렇지만 너는 그런 부탁을 하지 않겠지.

노라　물론 하지 않겠지. 앞으로는 그럴 필요도 없고. 하지만 랑크 박사님에게 이야기하면 분명히…….

린데 부인　네 남편 몰래 말이지?

노라　꼭 처리해야 할 일이 하나 있거든. 남편 몰래 말이야. 그 일을 처리해야 하는데.

린데 부인　그래, 네가 어제 이야기했잖아. 하지만…….

노라　(왔다 갔다 하며) 남자는 이런 일을 여자보다 훨씬 잘 처리할 수 있을 텐데.

린데 부인　그렇지, 남편에게 맡기면 말이야.

노라　말도 안 돼. (갑자기 멈추더니) 빚진 돈을 다 갚으면 어음도 돌려받는 거지?

린데 부인　당연하지.

노라　그러면 산산조각을 내서 태워버려도 되는 거지? 그 무섭고 더러운 종잇조각을 말이야.

린데 부인　(노라를 뚫어지게 쳐다보다가 바느질감을 내려놓고 천천히 일어선다.) 노라, 나한테 숨기는 게 있구나.

노라　그렇게 티가 나?

린데 부인　어제 아침에 본 이후로 무슨 일이 생긴 거야. 노라, 무슨 일이야?

노라　(린데 부인에게 다가서며) 크리스티나. (귀를 기울이며) 쉿!

토르발이 돌아왔어. 방에 들어가서 잠깐 아이들하고 앉아 있어. 토르발은 바느질하는 걸 보기 싫어하거든. 유모가 도와줄 거야.

린데 부인   (바느질거리를 챙기며) 알았어. 그렇지만 네가 모두 털어놓기 전에는 돌아가지 않을 거야.

(린데 부인이 왼쪽 방으로 들어가는 사이에 토르발이 복도에서 들어온다.)

노라   (헬메르에게 다가서며) 오, 토르발, 여보, 당신이 돌아오기만을 기다리고 있었어요.

헬메르   방금 그 사람은 재봉사였어?

노라   아니요, 크리스티나였어요. 날 도와서 옷을 고쳐주고 있어요. 알죠? 내가 아주 멋져 보일 거라는 걸.

헬메르   그러게 말이야, 내 아이디어가 좋았지?

노라   그럼요, 기가 막혀요. 그렇지만 당신 말에 따르는 나도 착하지 않아요?

헬메르   (노라의 턱을 들어올리며) 착하다고? 남편이 말한 대로 따르니까? 좋아, 이 덜렁이 같으니라고. 진심이 아니라는 거 알아. 어쨌든 방해하지 않을 테니 신경 쓰지 마. 옷을 입어보고 싶을 거 아냐.

노라   할 일이 있나 보죠?

헬메르 응. (서류 뭉치를 보여주며) 이것 봐. 방금 은행에 갔다 왔거든. (서재 쪽으로 발걸음을 옮긴다.)

노라 토르발.

헬메르 (걸음을 멈추며) 응?

노라 당신의 작은 다람쥐가 귀엽지만 간절하게 뭔가를 부탁한 다면…….

헬메르 그래서?

노라 들어주실 거예요?

헬메르 흠, 당연히 무슨 부탁인지를 먼저 들어봐야겠지.

노라 다정하게 부탁을 들어주면 당신의 다람쥐는 이리저리 날 쎄게 뛰어다니며 온갖 재주를 부릴 거예요.

헬메르 그럼, 일단 말해봐.

노라 당신의 종달새는 집을 여기저기 날아다니며 높고 낮은 소리로 노래를 부를 거예요.

헬메르 아, 어쨌든 나의 종달새는 늘 그러는데 뭐!

노라 토르발, 요정이 돼서 달빛 아래에서 당신을 위한 춤을 출 거예요.

헬메르 노라, 설마 오늘 아침에 했던 말을 다시 꺼내려는 건 아니겠지?

노라 (헬메르에게 다가서며) 맞아요, 토르발, 정말로 간절하게 부탁할게요.

헬메르　당신이 그 이야기를 다시 하다니 놀랍군.

노라　아, 내 부탁을 꼭 들어줘야 해요. 크로그스타드가 은행에서 계속 일하게 해줘야 한다고요.

헬메르　사랑하는 노라, 린데 부인에게 주려는 자리가 바로 크로그스타드의 자리야.

노라　그래요, 정말 고마워요. 그렇지만 크로그스타드 대신에 다른 직원을 해고하면 되잖아요.

헬메르　정말 말도 안 되는 고집을 부리는군. 당신이 자기 멋대로 그 사람과 약속을 했다고 해서 내가 그렇게 해주리라고 기대…….

노라　아니에요, 토르발, 그런 게 아니에요. 이게 다 당신을 위해서예요. 그 사람은 최악의 삼류 신문에 글을 쓰고 있다고 당신이 말했잖아요. 그 사람이 당신한테 뭔가 해를 끼칠지도 몰라요. 나는 그 사람이 지독하게 무서울 뿐이에요…….

헬메르　아, 이제야 이해가 되는군. 예전의 안 좋았던 일이 생각나서 겁을 먹었나 보군.

노라　무슨 말이에요?

헬메르　당신 아버지께 일어난 일을 생각하고 있는 게 분명해.

노라　맞아요, 맞아. 바로 그거예요. 사람들이 신문에 아빠에 대해 악의적인 기사를 실었던 게 기억났어요. 아빠는 잔인하게 난도질당했죠. 그 장관이 당신을 보내 자세히 조사하게 하지 않았더라면, 당신이 그토록 친절하게 아빠를 도와주지 않았더라면 아빠는 해고당하고 말았을 거예요.

헬메르　사랑스러운 노라, 당신 아버지와 나는 달라. 공무원으로서 당신 아버지는 의심스러운 점이 많다는 평판이 있었지. 하지만 내 평판은 한 점의 의혹도 살 게 없어. 또한 이 자리에 있는 동안에도 계속 그럴 거라고.

노라　그렇지만 사람들이 당신을 해치려고 무슨 짓을 저지를지 모르는 거잖아요. 이제 우리는, 당신과 나와 아이들은 세상일에 신경 쓰지 않고 아늑한 집에서 행복하고 평화롭게 살 수 있어요. 토르발, 그래서 이렇게 사정하는 거예요.

헬메르　당신이 그 사람을 봐달라고 이렇게 애원하니 더더욱 그를 그대로 둘 수가 없군. 내가 크로그스타드를 해고할 작정이라는 건 이미 은행 사람들이 다 알고 있는 사실이야. 새 은행장이 아내의 말 때문에 결정을 바꿨다는 소문이 나면…….

노라　그게 문제가 되나요?

헬메르　안 될 것 같아? 고집스러운 작은 여인네가 제멋대로 구는데! 나는 전 직원 앞에서 웃음거리가 될 거야. 다들 내가 외부의 압력에 흔들리는 사람이라고 떠들게 그저 지켜보라고? 분명 얼마 지나지 않아서 그런 상황에 부딪히게 될 거야. 게다가 내가 은행장으로 있는 한 크로그스타드가 은행에서 일할 수 없는 이유가 있어.

노라 그게 뭔데요?

헬메르 어쩌면 내가 그의 도덕적인 결함을 모른 척하고 넘어갈
수도 있겠지…….

노라 그래요, 토르발. 그렇게 해주면 안 돼요?

헬메르 그리고 그가 일을 상당히 잘하는 직원이라는 이야기가
들리더군. 하지만 그와 나는 동창이라고. 훗날 두고두고
후회하게 될 그런 유감스러운 친구 관계였지. 솔직히 말
해서 그때 우리는 서로 이름을 부르는 사이었어. 그런데
이 눈치 없는 인간은 여전히 어릴 때처럼 나한테 말을 놓
더군. 사람들이 다 있는 자리에서 말이야. 그는 나와 친
하게 지낼 권리를 가졌다고 생각하는 것 같더군. 늘 '토
르발 이건……', '토르발 저건……' 하는 식이지. 나에겐
이게 가장 불쾌한 점이야. 그는 은행에서 닦아놓은 내 입
지를 흔들어놓을 거라고.

노라 토르발, 설마 진심은 아니죠?

헬메르 허! 왜 아니라는 거지?

노라 음, 그건 아주 사소한 이유잖아요.

헬메르 무슨 말이야? 사소하다고? 내가 속이 좁다는 말이야?

노라 아니요, 토르발, 당신이야 속이 좁은 것과는 거리가 멀
죠. 바로 그래서…….

헬메르 신경 쓰지 마! 당신은 내 이유가 사소하다고 했지. 그
        러니 내가 속이 좁은가 보지 뭐! 속이 좁다니! 좋아, 이번
        에 완전히 이 문제를 마무리 짓자고. (복도 쪽 문을 열고 소
        리친다.) 헬레나?

노라   뭘 하려고요?

헬메르 (서류를 뒤적거리며) 문제를 처리하는 거지.

(하녀가 들어온다.)

헬메르 자, 이 편지를 즉시 아래층으로 가져가서 관리인을 찾
        아 배달시키도록 해. 지금 당장. 주소는 봉투에 쓰여 있
        어. 잠깐, 돈은 여기 있어.

하녀   예, 나리. (편지를 갖고 나간다.)

헬메르 (서류를 챙기며) 자, 어때, 작은 고집불통 아가씨!

노라   (너무 놀라서 숨을 헐떡거리며) 토르발, 편지의 내용이 뭐였
        어요?

헬메르 크로그스타드에게 보내는 통지서지.

노라   토르발, 당장 취소해요! 아직 시간이 있어요. 아, 토르
        발, 나를 위해서, 당신을 위해서, 아이들을 위해서 취소하
        라고요. 이봐요, 토르발, 그 편지 때문에 우리한테 무슨
        일이 벌어질지 당신은 몰라요.

헬메르   너무 늦었어.

노라   그래요, 너무 늦었네요.

헬메르   사랑하는 노라, 당신이 불안해서 그런 거니 용서해주지. 물론 나한테 조금 모욕적인 말이었지만 말이야. 그래, 맞아. 내가 비열한 기자의 복수를 두려워하리라고 생각하다니, 이런 모욕이 어디 있어? 그렇지만 나를 사랑한다는 감동스러운 증거니까 당신을 용서해주겠어. (두 팔로 노라를 안는다.) 자자, 사랑스러운 노라, 이제 다 끝난 일이야. 무슨 일이 생기든 괜찮아. 당신이 걱정하는 것처럼 나한테 용기와 힘이 필요할 때가 혹시 온다면 내가 뭐든 혼자 힘으로 제대로 해결할 수 있는 남자라는 사실을 알게 될 거야.

노라   (겁에 질려) 무슨 말이에요?

헬메르   말한 그대로요.

노라   (평정심을 되찾으며) 당신이 그럴 일은 절대로, 절대로 없을 거예요.

헬메르   좋아, 노라. 그럼 보통 남편과 아내가 그렇듯이 함께 해결하도록 하지. 그러면 될 거야. (노라를 어루만지며) 이제 만족해? 저런, 저런, 저런, 겁먹은 작은 비둘기 같은 표정을 짓지 말라고. 모든 게 다 그저 상상일 뿐이잖아. 이제 당신은 탬버린을 들고 타란텔라 춤을 연습하라고.

당신이 마음껏 소음을 낼 수 있도록 나는 안쪽 방에 들어가서 문을 닫고 있을게. 그러면 아무 소리도 들리지 않을 거야. (문 쪽으로 몸을 돌리며) 그리고 랑크 박사가 오면 내가 서재에 있다고 알려주도록 해. (서류를 챙겨 들고 노라에게 고개를 끄덕인 뒤 서재로 들어가서 문을 닫는다.)

노라 (겁에 질려 반쯤 정신이 나간 채로 그 자리에 못 박힌 듯 서서 조용히 읊조린다.) 그렇게 할 참인가 봐. 그렇게 할 거라고! 무슨 일이 있어도 그럴 건가 봐. 안 돼. 절대로 안 돼! 그 일만은 안 돼! 뭔가 방법이 있을 거야. 도움을 받을 수 있을 거야. (문에서 초인종 소리가 들린다.) 랑크 박사님이다! 그래, 그 일만은 안 돼! 그 일만 아니면 다른 어떤 일이 일어나도 상관없어.

(노라는 양손으로 얼굴을 비비며 마음을 다잡고 복도로 이어진 문을 연다. 랑크가 모피 외투를 걸고 있다. 다음 장면이 이어지는 동안 밖이 어두워지기 시작한다.)

노라 안녕하세요, 랑크 박사님. 초인종 소리를 듣고 오신 줄 알았어요. 하지만 지금은 토르발에게 가시면 안 돼요. 마무리해야 할 일이 있나 봐요.

랑크 부인은요?

노라 (랑크가 들어오자 문을 닫으며) 아시잖아요, 저야 항상 랑크 박사님께 내드릴 시간이 있죠.

랑크 고마워요. 그럼 제가 그나마 가능할 때 그 시간을 잘 활용해야겠군요.

노라 무슨 말씀이세요? 그나마 가능할 때라니요?

랑크 그 말이 불안한가요?

노라 좀 이상한 말이잖아요. 무슨 일이 있으세요?

랑크 그래요, 제가 오랫동안 예상해온 일이지요. 이렇게 빨리 닥칠 거라고는 생각하지 않았지만요.

노라 (랑크의 팔을 잡으며) 무슨 말을 들으신 건가요? 랑크 박사님, 말해주세요!

랑크 (난로 옆에 앉으며) 제게 주어진 시간이 얼마 남지 않았습니다. 이제 손 쓸 도리가 없어요.

노라 (안도의 한숨을 쉬며) 아, 박사님 이야기군요…….

랑크 저 아니면 누구 이야기겠습니까? 자신을 속여봤자 소용이 없지요. 부인, 저는 제 환자들 가운데서도 가장 몸이 안 좋은 환자랍니다. 지난 며칠 동안 제 몸 안을 철저히 검사해봤습니다. 파멸 상태더군요! 아마 한 달이 지나지 않아 묘지에 누워 썩어갈 거예요.

노라 오, 안 돼요. 그런 무서운 말을 하시다니.

랑크 죽음 자체도 무서운 일이지요. 하지만 가장 무서운 일은 죽기 전에 거치는 상황입니다. 아직 해야 할 검사가 하나 더 남아 있어요. 그 검사가 끝나면 마지막 파멸의 순간이 언제쯤일지 거의 확실하게 알 수 있을 겁니다. 어쨌든 부인에게 꼭 하고 싶은 말이 있어요. 헬메르는 끔찍한 일을 견디기에는 너무 예민합니다. 저는 헬메르를 제 병실에 들여놓지 않을 겁니다.

노라 그렇지만 랑크 박사님…….

랑크 저는 헬메르가 거기에 오지 않기를 원해요, 절대로요. 헬메르가 들어오지 못하게 병실 문을 잠글 겁니다. 최악의 상황이 온다는 게 확실해지면 부인에게 검은색 가위표가 그려진 명함을 보낼게요. 그러면 부인은 제게 끔찍한 종말이 시작됐다는 걸 알게 되겠지요.

노라 안 돼요. 오늘따라 정말 황당한 말씀만 하시네요. 특히 오늘은 박사님 기분이 좋기를 바랐는데요.

랑크 뭐가요? 이제 곧 죽을 날이 돌아온다는 말이오? 이렇게 다른 사람의 죗값을 치러야 하는 판인데요? 이게 말이 됩니까? 어떤 식으로든 이토록 냉혹한 벌을 받아야 하는 집안은 아마 없을 겁니다.

노라 (양쪽 귀를 막으며) 말도 안 돼요! 기운을 내자, 기운을 내!

랑크 예, 사실은 이 모든 게 우스운 일이지요. 제 아버지가 젊은 중위 시절 흥청망청 즐기며 살았던 대가를 왜 불쌍하고 무고한 제 척추가 치러야 하는지…….

노라   (왼쪽 탁자 옆에서) 박사님 아버님이 아스파라거스와 푸아
        그라를 정말 좋아하셨겠죠? 그렇죠?

랑크   맞습니다. 송로도 좋아하셨죠.

노라   송로, 그래요. 굴도 좋아하셨을 것 같은데요?

랑크   굴이오? 아, 맞습니다, 당연히 굴도 좋아하셨죠.

노라   포트와인이랑 샴페인도 다 좋아하셨겠죠. 이런 맛있는
        음식들이 뼈에 해롭다니 정말 안타까운 일이에요.

랑크   특히나 불쌍한 내 뼈가 이제 그런 음식들을 전혀 즐기지
        못할 테니 더욱 그렇죠.

노라   예, 무엇보다 슬픈 일이죠.

랑크   (노라를 살피듯 바라보며) 흠……!

노라   (잠시 후에) 왜 미소를 지으신 거예요?

랑크   아닙니다, 웃고 있는 건 부인입니다.

노라   아니에요. 박사님이 미소를 지으셨어요.

랑크   (일어서며) 부인은 생각했던 것보다 훨씬 짓궂으시군요.

노라   오늘 제가 좀 바보 같은 상태예요.

랑크   그런 것 같군요.

노라   (양손을 랑크의 어깨에 올리며) 친애하고 친애하는 랑크 박
        사님, 토르발과 저를 두고 돌아가시면 안 돼요.

랑크   아, 금방 극복하실 겁니다. 세상을 떠난 사람들은 금방

84

잊히고 말잖아요.

노라 (걱정스럽게 바라보며) 그렇게 생각하세요?

랑크 다들 새 친구를 사귀게 마련이고, 그러다 보면······.

노라 누가 새 친구를 사귀어요?

랑크 제가 세상을 떠나면 부인과 토르발도 머지않아 그렇게 될 겁니다. 이미 부인은 새로운 친구를 사귀기 시작한 것 같은 데요. 어젯밤 린데 부인은 여기에 무슨 일로 오신 건가요?

노라 이런, 가련한 크리스티나를 질투하시면 안 돼요.

랑크 질투가 납니다. 그 부인이 이 집에서 제 자리를 대신 차 지할 테니까요. 제가 세상을 떠나면 그분이······.

노라 쉿! 조용히 말씀하세요. 크리스티나가 저기 있어요.

랑크 그것 봐요! 오늘도 그분이 오셨군요.

노라 제 옷을 고쳐주러 온 것뿐이에요. 세상에, 오늘따라 정말 이상하시네요. (소파에 앉으며) 랑크 박사님, 진정하세요. 내일이면 아름답게 춤추는 저를 보실 수 있을 거예요. 박 사님을 위해 추는 춤이라고 생각하셔도 돼요. 물론 토르 발을 위해서도요. (상자에서 여러 물건을 꺼내며) 박사님, 이 리 와서 앉으세요. 보여드릴 게 있어요.

랑크 그게 뭔가요?

노라 이것 좀 보세요. 어서요.

랑크 비단 스타킹이군요.

노라　살색이에요. 예쁘죠? 지금 여기는 조명이 어둡지만, 내일은……. 안 돼요, 안 돼, 안 돼. 박사님은 발만 보셔야 해요. 아, 뭐, 다른 부분도 보셔도 돼요.

랑크　흐음…….

노라　왜 그렇게 비판적인 표정을 지으시는 거죠? 안 어울릴 것 같아요?

랑크　제가 어찌 감히 의견을 내놓겠습니까.

노라　(잠시 랑크를 바라보다가) 부끄러운 줄 아세요! (스타킹으로 랑크의 뺨을 살짝 때린다.) 이래도 말 안 들으실래요? (스타킹을 다시 갠다.)

랑크　또 어떤 예쁜 것을 보여줄 거죠?

노라　아무것도 볼 자격이 없으세요. 오늘따라 점잖지 못하게 구셨잖아요. (물건을 이리저리 뒤적거리면서 낮은 목소리로 흥얼거린다.)

랑크　(잠시 침묵한 뒤) 여기 앉아서 부인과 이렇게 친근하게 이야기를 나누다 보면 도저히 상상할 수가 없어요. 아니, 정말 상상이 안 돼요. 놀러올 이 집이 없었다면 제가 대체 어떻게 살았을까요.

노라　(미소를 지으며) 박사님이 저희랑 함께 있을 때 가정적인 분위기를 느끼신다는 거 알아요.

랑크　(더 가라앉은 목소리로 정면을 바라보며) 그런데 이 모든 걸

두고 떠나야 하다니!

노라　말도 안 되는 소리예요. 박사님은 저희를 두고 떠나지 않으실 거예요.

랑크　(조금 전과 똑같은 자세로) 아주 작은 감사의 징표조차 남길 수 없다니. 심지어 잠깐의 후회조차 남길 수 없으니. 다음 사람이 바로 채워버릴 빈자리만 남을 뿐이니.

노라　박사님께 부탁 하나를 드려도 될까요? 아니에요…….

랑크　무슨 부탁인데요?

노라　박사님의 커다란 우정을 보여주실 표시요.

랑크　예, 물론이죠.

노라　아니에요. 너무나 큰 부탁이에요.

랑크　부인이 단 한 번이라도 제게 우정을 보여줄 기회를 준다면 기쁠 겁니다.

노라　음, 그렇지만 어떤 부탁인지 모르시잖아요.

랑크　그럼 말해봐요.

노라　아니에요, 랑크 박사님. 말할 수가 없어요. 아주 엄청난 부탁이거든요. 그저 조언이나 작은 도움이 아니라 정말로 어마어마한 부탁이에요.

랑크　어마어마한 부탁일수록 좋지요. 무슨 일인지 도무지 감을 잡지 못하겠으니 어서 말해봐요. 저를 믿지 못하는 건가요?

노라　그럴 리가요. 누구보다 박사님을 믿는걸요. 박사님이야말로 저와 가장 친하고 가장 믿을 만한 친구예요. 그러니 말씀드릴게요. 저기요, 랑크 박사님, 급하게 저를 도와주셔야 할 일이 있어요. 박사님도 아시다시피 토르발은 저를 정말 깊이 사랑하잖아요. 저를 위해서라면 한순간도 망설이지 않고 목숨을 버릴 거예요.

랑크 (노라 쪽으로 가까이 다가가며) 노라……, 그렇게 할 수 있는 사람이 토르발 한 명뿐일까요?

노라 (약간 놀라며) 한 명뿐이라니요?

랑크 부인을 위해 목숨을 버릴 사람 말입니다.

노라 (슬픈 목소리로) 아…….

랑크 세상을 떠나기 전에 부인에게 꼭 말해야겠다고 다짐했답니다. 지금보다 더 좋은 기회는 없겠군요. 자, 노라, 이제 부인도 아시겠지요. 그리고 저야말로 누구보다 믿을 수 있는 사람이라는 사실도 아실 겁니다.

노라 (침착하게 차분히 일어서며) 가야겠어요.

랑크 (노라가 움직일 자리를 내주지만 여전히 앉은 채로) 노라…….

노라 (복도로 향하는 문가에서) 헬레나, 램프를 가져와. (난로로 다가가며) 아, 친애하는 랑크 박사님, 그렇게 무서운 말을 하시다니요.

랑크 (일어서며) 제가 누군가처럼 부인을 깊이 사랑했다는 게 …… 무서운 말인가요?

노라　아니요……. 하지만 그 사실을 저에게 말했다는 건 그렇
　　　죠. 그런 말을 하실 필요는 없었잖아요.

랑크　그게 무슨 말이에요? 알고 있었나요?

(하녀가 램프를 가져와 탁자 위에 내려놓고 나간다.)

랑크　노라, 헬메르 부인, 대답해요. 알고 있었던 거요?

노라　아아, 어떻게 말해야 할까요. 알고 있었다고요, 아니면
　　　모르고 있었다고요? 어쩌면 그리도 서투르세요. 정말 모
　　　든 것이 좋았는데…….

랑크　음, 어쨌든 이제 제가 몸과 마음을 바쳐 부인을 위한다는
　　　사실을 아시겠죠. 자, 그러니 부탁이 뭔지 이제 말해주지
　　　않을래요?

노라　(랑크를 바라보며) 그런 말을 듣고 어떻게 큰 부탁을 할 수
　　　있겠어요.

랑크　제발, 제발 부탁이 뭔지 말해봐요.

노라　이제는 절대로 말씀드릴 수가 없어요.

랑크　제발 말해줘요. 이런 식으로 저를 벌주면 안 되지요. 부
　　　인이 허락만 한다면 할 수 있는 일은 무엇이든 하겠다고
　　　약속합니다.

노라　이제는 박사님이 해주실 수 있는 게 없어요. 게다가 저

는 아무런 도움도 필요 없어요. 다 제 상상이었을 뿐이에요. 정말이라니까요. 진짜랍니다. (미소를 지으며) 랑크 박사님, 박사님은 정말 좋은 분이세요! 이제 램프에 불이 들어오니 부끄러우시죠?

랑크 아닙니다. 그렇지 않아요. 그렇지만 이제 가야겠군요……. 영원히요.

노라 아니에요. 그러시면 안 돼요. 물론 앞으로도 평소처럼 계속 오셔야 하고요. 토르발한테는 박사님이 필요해요.

랑크 하지만 부인은요?

노라 아, 저야 항상 박사님을 뵈면 엄청나게 즐겁죠.

랑크 바로 그런 태도 때문에 제가 오해하게 됐던 겁니다. 부인은 수수께끼 같은 사람이에요……. 가끔 저는 부인이 헬메르와 함께하듯이 나와 함께할 날이 오리라고 생각했답니다.

노라 있잖아요, 사랑하는 사람이 있는가 하면 함께하고 싶은 사람이 있게 마련이에요.

랑크 그래요, 일리가 있는 말입니다.

노라 저는 친정에 살 때 아빠를 가장 사랑했어요. 하지만 하인들이 있는 방에 슬쩍 가서 노는 게 정말 재미있었지요. 하인들은 늘 흥미로운 이야기를 들려주었고, 나한테 이래라 저래라 잔소리를 하지 않았으니까요.

랑크 아, 그럼 제가 그 하인들을 대신해왔군요?

노라 (펄쩍 일어나서 랑크 박사에게 다가가며) 이런! 친애하고 친
절하신 랑크 박사님, 절대 그런 뜻이 아니었어요. 박사님
도 아시다시피 토르발과 함께 있는 건 아빠랑 있는 것과
아주 비슷하단 말이에요.

(하녀가 복도에서 들어온다.)

하녀 헬메르 부인, 실례합니다……. (노라에게 명함을 건넨다.)

노라 (명함을 흘끗 쳐다보며) 아! (명함을 얼른 주머니에 넣는다.)

랑크 무슨 문제가 있나요?

노라 아니에요, 아니에요, 아무 문제 없어요. 그저 이건…….
아, 제 새 드레스일 뿐이에요.

랑크 예? 하지만 새 드레스는 저기 있잖아요?

노라 아, 저 옷이오, 맞아요. 그렇지만 지금 온 것은 제가 주문
한 다른 드레스예요. 토르발한테 들키고 싶지 않아서요.

랑크 아하! 부인의 큰 비밀이 바로 그건가요?

노라 그래요, 그렇고말고요. 어서 토르발한테 가세요. 안쪽
방에 있어요. 토르발을 거기에 꼭 잡아두세요…….

랑크 걱정하지 말아요. 방 밖으로 절대 못 나가게 할 테니까
요. (헬메르의 방으로 간다.)

노라 (하녀에게) 그 사람이 부엌에서 기다린다고?

하녀　예, 헬메르 부인. 뒤쪽 계단으로 올라오셨습니다.

노라　여기에 손님이 있다는 말을 하지 않았어?

하녀　말했지만 소용없었어요.

노라　그런데도 돌아가지 않았단 말이지?

하녀　예, 부인을 뵙기 전에는 가지 않겠다고 했습니다.

노라　아, 좋아. 들여보내. 하지만 조용히 모셔와야 해. 헬레나, 누구에게도 이 일을 말하면 안 돼. 남편을 깜짝 놀라게 할 비밀이거든.

하녀　예, 알겠습니다. (밖으로 나간다.)

노라　정말 끔찍해. 결국 일이 일어나고 마는 건가. 안 돼, 안 돼, 안 돼. 그런 일이 일어나면 안 돼. 절대 그냥 두고 보지 않을 거야. (헬메르가 있는 서재 쪽으로 가서 문의 잠금 버튼을 누른다.)

(하녀가 복도로 통하는 문을 열어 크로그스타드를 들여보내고 다시 닫는다. 크로그스타드는 외출복에 긴 부츠를 신고 모피 모자를 쓰고 있다.)

노라　(크로그스타드 쪽으로 가며) 목소리를 낮춰요. 남편이 집에 있어요.

크로그스타드　그게 무슨 상관입니까?

노라　무슨 일이에요?

크로그스타드 　확인할 게 있어서요.

노라 　그럼 서둘러요. 확인할 게 뭐죠?

크로그스타드 　제가 해고당한 거 아시죠?

노라 　크로그스타드 씨, 막을 수가 없었어요. 댁을 위해 모든 수를 다 써봤지만 소용없었어요.

크로그스타드 　남편이 그 정도로 부인을 사랑하지는 않나 보네요, 그렇죠? 부인의 남편은 제가 부인의 잘못을 폭로할 수 있다는 사실을 알 텐데도 감히 그런…….

노라 　남편이 그 일을 안다고 생각하는 건 아니겠지요?

크로그스타드 　흠, 아니요. 사실은 그렇게 생각하지 않습니다. 귀하신 토르발 헬메르는 다 알면서도 그런 일을 할 용기가 없겠지요.

노라 　크로그스타드 씨, 부디 남편을 존중해주세요.

크로그스타드 　당연히 존중해드려야지요. 비밀을 지키느라 이처럼 전전긍긍하는 걸 보니 부인이 저지른 짓을 어제보다는 분명하게 이해하신 모양이군요.

노라 　당신보다 훨씬 더 분명하게 이해하고 있어요.

크로그스타드 　아, 그러세요. 저야 워낙 어리석은 변호사니까요!

노라 　원하는 게 뭐죠?

크로그스타드 　그저 부인이 어떻게 지내는지 알고 싶었을 뿐입니다. 저는 온종일 부인 생각을 했답니다. 별 볼 일 없는 출

납원에 기자일 뿐이지만요. 흠, 저 같은 사람도 이른바 '인정'이라는 게 있답니다.

노라　그렇다면 인정을 보여줘요. 제 어린 아이들을 생각해서라도요.

크로그스타드　부인이나 부인의 남편은 제 아이들을 생각해보셨나요? 어쨌든 그런 것은 상관없습니다. 그저 저는 부인이 이 상황을 진지하게 생각할 필요가 없다는 말을 하고 싶었을 뿐입니다. 지금 당장은 문제를 제기하지 않을 테니까요.

노라　그럼요. 물론 그래야죠. 그럴 줄 알았어요.

크로그스타드　이런 일은 아주 원만하게 처리할 수 있습니다. 아무것도 알릴 필요가 없지요. 그저 우리 세 사람이 조용히 합의하면 됩니다.

노라　남편한테는 이 일이 조금이라도 알려지면 안 돼요.

크로그스타드　무슨 수로 막으실 겁니까? 부인이 나머지 빚을 모두 갚을 수 있다면 모를까.

노라　음, 지금 당장은 갚을 수 없어요.

크로그스타드　그럼 이삼 일 안에 돈을 마련할 방도를 찾으셨나 보군요.

노라　그럴 방도도 전혀 없어요.

크로그스타드　흠, 어쨌든 그럴 방도가 있어도 소용이 없었을 겁니다. 설사 지금 부인이 거액의 돈을 들고 서 있다고 한들 저한테서 어음을 받지 못할 겁니다.

노라 그걸로 뭘 어쩌려고 하는 거죠? 말해줘요.

크로그스타드 그냥 갖고 있을 겁니다. 제 수중에 두는 거죠. 이 일과 관계가 없는 사람은 어음에 대해 알 필요가 없지요. 그러니 혹시라도 부인이 절박한 마음에 다른 계획을 갖고 있으시거나…….

노라 있어요.

크로그스타드 집에서 도망갈 생각을 하셨거나…….

노라 그럴 생각을 했어요.

크로그스타드 혹은 그보다 더 심한 생각을 하셨다면…….

노라 어떻게 알았죠?

크로그스타드 그런 생각은 버리시는 게 좋을 겁니다.

노라 제가 그런 생각을 한 걸 어떻게 알았죠?

크로그스타드 대부분의 사람이 처음에는 그런 생각을 하지요. 저 역시 그런 생각을 했습니다. 그저 실행할 용기가 없었을 뿐이죠.

노라 (멍하게) 저도 마찬가지예요.

크로그스타드 (안심하며) 그럼요. 부인 역시 그럴 용기가 없을 거예요, 그렇죠?

노라 맞아요. 그럴 용기가 없어요. 없다고요.

크로그스타드 게다가 그건 아주 어리석은 행동이지요. 부인이

해결해야 할 문제는 그저 폭풍 같은 가정사일 뿐이죠. 그런데…… 저는 부인의 남편에게 보낼 편지를 주머니에 갖고 있지요.

노라   모든 이야기를 다 썼나요?

크로그스타드   최대한 부드럽게요.

노라   (재빨리) 남편이 보면 안 돼요. 찢어버려요. 어떻게든 돈을 구할게요.

크로그스타드   부인, 실례지만 그 문제는 방금 말씀드린 걸로 아는데요.

노라   댁에게 빚진 돈을 말하는 게 아니에요. 남편에게 요구할 돈이 얼마인지 말하면 제가 그 돈을 구할게요.

크로그스타드   부인의 남편에게는 돈을 요구하지 않을 겁니다.

노라   그럼 뭘 요구할 거죠?

크로그스타드   말씀드리죠. 저는 사회에서의 제 평판을 되찾고 싶습니다, 부인. 저는 성공하고 싶고, 부인의 남편이 그렇게 되도록 저를 도와줘야 할 겁니다. 지난 18개월 동안 저는 정직하지 않은 일에는 전혀 손을 대지 않았고, 그동안 최악의 상황에 부딪혀 고전했습니다. 저는 착실하게 한 단계씩 올라갈 준비가 돼 있었습니다. 그런데 이제 다시 쫓겨날 판국이니 은혜를 베풀어 일자리를 되돌려주는 것으로는 만족할 수가 없습니다. 다시 말하지만, 저는 성공하고 싶습니다. 은행에 다시 들어갈 겁니다. 더 좋은 자리로요. 부인의 남편이 제게 자리를 하나 만들어줘야겠습니다.

노라 남편은 절대 그렇게 해주지 않을 거예요.

크로그스타드 저는 그를 잘 압니다. 그는 그렇게 할 겁니다. 감히 투덜거리지도 못할 거예요. 그리고 일단 제가 은행에 들어가서 그와 함께 일하게 되면 어떤 일이 벌어질지 두고 보세요. 저는 일 년 안에 은행장의 오른팔이 될 거예요. 토르발 헬메르가 아니라 닐스 크로그스타드가 은행을 운영하게 될 거라고요.

노라 제 눈에 흙이 들어가기 전에는 절대 그런 일이 일어나지 않을 거예요.

크로그스타드 그 말은 부인이…….

노라 그래요. 저는 이제 그럴 용기가 생겼어요.

크로그스타드 하, 하나도 겁이 안 납니다. 부인처럼 응석받이인 숙녀가…….

노라 두고 봐요! 두고 보라고요!

크로그스타드 얼음물에라도 뛰어들 생각인가요? 차가운 검은 물속으로요? 그러고 나면 봄이 돼서야 머리카락이 다 빠진 채 흉측하고 알아볼 수도 없는 모습으로 물에 둥둥 뜨겠지요…….

노라   당신 말은 하나도 겁나지 않아요.

크로그스타드   부인의 말도 겁나지 않습니다. 부인, 그런 짓을 하는 사람은 없습니다. 어쨌든 그래 봤자 무슨 이득이 있겠습니까? 여전히 제 주머니에 편지가 있는데요!

노라   여전히요? 설사 제가…….

크로그스타드   그렇게 되면 부인의 평판이 제 손에 달려 있다는 사실을 잊으셨군요.

(노라는 말문이 막혀 그저 크로그스타드를 바라본다.)

크로그스타드   좋아요. 이제 부인은 제 경고를 들었으니 어리석은 행동을 하지 마세요. 헬메르가 제 편지를 받자마자 제게 연락해주기를 기다릴 겁니다. 그리고 제가 다시 이런 짓을 하게 만든 당사자는 바로 부인의 남편이라는 사실을 명심하십시오. 일을 이렇게 만든 당신 남편을 결코 용서하지 않을 겁니다. 그럼 부인, 안녕히 계십시오. (복도로 나간다.)

노라   (복도로 이어진 현관문으로 가서 문을 살짝 열고 밖의 소리를 들으면서) 간다! 편지를 남겨두지 않았어. 그래, 아니야, 아니야. 그런 일이 일어날 리 없지! (문을 서서히 연다.) 잘 들어봐. 바로 밖에 서 있어. 계단을 내려가지 않고 있어. 마음을 바꾼 걸까? 저 사람이 지금……?

(편지가 우편함으로 들어간다. 크로그스타드가 계단을 내려가는 발소리가 점점 멀리 잦아든다.)

노라   (억눌렀던 비명을 지르며 소파 탁자로 뛰어간다. 잠시 침묵하다가) 편지가 우편함에 들어 있어! (다시 복도 쪽 문으로 살금살금 다가가며) 그래, 저기 있어. 아, 토르발, 토르발, 이제 우리한텐 희망이 없어요!

린데 부인   (왼쪽 방에서 드레스를 들고 나오며) 자, 이제 더 고칠 게 없는 것 같아. 입어보자.

노라   (쉰 목소리로 속삭이듯) 크리스티나, 이리 와.

린데 부인   (드레스를 소파에 던지며) 무슨 일이야? 왜 그래? 무슨 일이 생긴 거야?

노라   이리 와봐. 편지가 보이니? 저기, 봐봐. 우편함 유리 사이로 편지가 보이지?

린데 부인   보이네. 그래서?

노라   크로그스타드가 쓴 편지야.

린데 부인   노라, 너한테 돈을 빌려준 사람이 바로 크로그스타드였구나!

노라   응. 그리고 이제 토르발이 다 알게 될 거야.

린데 부인   노라, 내 말을 믿어. 그게 너희 부부한테 최선이야.

노라   하지만 네가 모르는 게 있는데, 내가 서명을 위조했어.

린데 부인 세상에나!

노라 크리스티나, 너한테 말하고 싶은 게 하나 있어. 네가 증인이 돼줘야 해.

린데 부인 증인이라고? 그렇지만 나는…….

노라 그렇게 될 게 뻔하겠지만, 내가 미쳐버리면…….

린데 부인 노라!

노라 혹은 나한테 무슨 일이 생기면, 그렇게 돼서 내가 여기에 있을 수 없게 되면…….

린데 부인 노라, 노라. 제정신이 아니구나!

노라 그리고 누군가 모든 잘못을, 모든 비난을 뒤집어쓰려고 하면 네가…….

린데 부인 그래, 그래……. 그런데 왜 그런 생각을 하는 거야?

노라 크리스티나, 그렇게 되면 그게 사실이 아니라고 네가 증언해야 해. 지금 나는 완전히 제정신이고 이제부터 내가 하려는 일을 확실히 인식하고 있어. 그리고 잘 들어. 아무도 몰랐던 일이야. 모두 나 혼자 한 거라고. 명심해.

린데 부인 물론 그렇게. 그런데 나는 도무지 이해가 안 돼.

노라 네가 어떻게 이해할 수 있겠어? 이제부터 기적이 벌어질 거야.

린데 부인 기적이라고?

노라 그래, 기적. 하지만 크리스티나, 이건 아주 무서운 기적이

야. 그 일은 일어나선 안 돼. 무슨 일이 있더라도 절대 일
어나선 안 돼.

린데 부인   지금 당장 크로그스타드에게 가서 이야기해볼게.

노라   안 돼. 그 사람에게 가지 마. 너한테 해를 끼칠지도 몰라.

린데 부인   한때 그 사람은 나를 위해서라면 무슨 일이든지 기
꺼이 했단다.

노라   크로그스타드가?

린데 부인   그 사람 어디에 살지?

노라   내가 어떻게 알아. 아, 잠깐…… (주머니를 뒤지며) 여기 그
사람 명함이 있어. 하지만 편지가, 편지가!

헬메르   (안쪽 서재에서 문을 두드리며) 노라!

노라   (겁에 질려 비명을 지르며) 무슨 일이에요? 필요한 거라도 있
어요?

헬메르   (멀리서) 알겠어, 겁먹을 것 없다고. 안 들어갈 테니까.
당신이 문을 잠가서 말이야. 드레스를 입어보고 있어?

노라   예, 지금 입고 있어요. 헬메르, 이 옷을 입으니 정말 예쁘
네요.

린데 부인   (명함을 읽은 뒤) 바로 옆 길모퉁이에 사네.

노라   그래, 하지만 소용없어. 이제 우리한텐 희망이 없다고.
편지가 우편함에 있으니까.

린데 부인   네 남편이 열쇠를 갖고 있구나!

노라 응, 항상 열쇠를 갖고 다니거든.

린데 부인 크로그스타드가 편지를 되돌려달라고 말하도록 해
       야 해. 개봉하지 않은 채로 말이야. 그 사람이 핑곗거리
       를 찾아내면 돼.

노라 하지만 토르발은 항상 이 시간에…….

린데 부인 미루도록 해봐. 최대한 서둘러 돌아올게. 이제 네 남
       편한테 가봐. (급하게 복도로 나간다.)

노라 (헬메르의 서재 문으로 가서 문을 두드리지 않은 채 살짝 들여다
     보며) 토르발.

헬메르 (서재 안에서) 흠, 이제 내 거실에 들어가도 되는 건가?
      랑크, 이리 오게. 구경하러 가자고. (문가에서) 그런데 이
      게 다 뭐지?

노라 토르발, 뭐가요?

헬메르 랑크가 엄청난 변신을 보게 될 거라면서 기대하라고
      하던데.

랑크 (문가에서) 크게 기대했는데, 내가 잘못 생각했나 보군.

노라 내일이 되기 전에는 아무도 화려하게 치장한 나를 볼 수
     없을 거예요.

헬메르 그런데 노라, 당신 녹초가 된 것 같군. 연습을 너무 많
      이 한 거 아니야?

노라 아니요, 연습은 전혀 안 했어요.

헬메르 하지만 연습을 해야지.

노라 예, 그래야겠죠. 하지만 토르발, 난 당신이 도와주지 않으면 아무것도 못 하잖아요. 완전히 잊어버렸어요.

헬메르 이런, 함께 연습을 해야겠군.

노라 그래요, 토르발, 꼭 도와줘요. 그러겠다고 약속해줘요. 너무 긴장돼요. 그 많은 사람 앞에서……. 오늘 저녁 내내 나를 도와줘야 해요. 일은 조금도 하면 안 돼요. 펜조차 손에 들어선 안 돼요! 그럴 거죠, 그렇죠, 사랑하는 토르발?

헬메르 약속하지. 오늘 저녁은 완전히 당신을 위해 쓰겠어. 가련하고 속수무책인 사람 같으니라고! 아, 그러고 보니 먼저 해야 할 게……. (복도 쪽 문으로 간다.)

노라 왜 밖으로 나가는 거예요?

헬메르 우편물이 왔는지 보려고.

노라 토르발, 아니에요, 아니에요. 그러면 안 돼요.

헬메르 왜 안 되는데?

노라 토르발, 제발 나가지 말아요. 우편함에는 아무것도 없다고요.

헬메르 보고 올게. (나가려고 한다.)

(노라는 피아노로 가서 타란텔라의 앞 소절을 친다.)

헬메르   (문가에 멈춰 서서) 아하!

노라   당신과 함께 연습하지 않으면 난 내일 제대로 춤을 추지
       못할 거예요.

헬메르   (노라에게 다가오며) 노라, 정말로 그렇게 걱정되는 거야?

노라   예, 엄청나게 걱정돼요. 지금 연습할게요. 저녁 식사를 하
       려면 아직 시간이 있잖아요. 토르발, 여기 앉아서 반주해
       줘요. 늘 그랬듯이 잘못된 점을 지적해줘요.

헬메르   당신이 원한다면 그렇게 해야지. (피아노 앞에 앉는다.)

(노라는 상자에서 탬버린에 이어서 색색으로 물들인 기다란 숄을 꺼내 재
빨리 몸에 두른다. 그러고 나서 한달음에 거실 가운데에 자리를 잡는다.)

노라   (남편을 향해) 이제 날 위해 피아노를 쳐줘요. 나는 춤을
       출게요!

(헬메르는 피아노를 치고 노라는 춤을 춘다. 랑크는 피아노 옆 헬메르
의 뒤에 서서 지켜본다.)

헬메르   (피아노를 치며) 천천히, 천천히!

노라   이렇게밖에 못 해요.

헬메르   노라, 너무 격하게 추지 마!

노라   원래 이렇게 춰야 하는 거잖아요.

헬메르   (반주를 멈추며) 아니야, 아니야. 다 틀렸어.

노라   (웃으며 탬버린을 흔들더니) 그것 봐요! 내가 잊어버렸다고 말했잖아요.

랑크   내가 피아노를 치지.

헬메르   (일어나며) 그래, 그래 주게나. 그러면 내가 노라한테 동작을 보여주기가 더 쉽겠군.

(랑크는 피아노 앞에 앉아 반주한다. 노라는 갈수록 격렬하게 춤을 춘다. 헬메르는 난롯가에 자리를 잡고 노라가 춤을 추는 동안 이런저런 지시를 내린다. 노라의 귀에는 헬메르의 말이 안 들리는 듯하다. 머리카락이 흘러내려 어깨 위에서 출렁거리지만, 전혀 신경 쓰지 않고 계속 춤을 춘다. 린데 부인이 들어온다.)

린데 부인   (넋을 잃은 채 문가에 서서) 우와!

노라   (춤을 추며) 아, 크리스티나, 진짜 재미있어!

헬메르   그렇지만 사랑하는 노라, 당신은 목숨이라도 달린 것처럼 춤을 추는군!

노라   사실이 그렇거든요.

헬메르   랑크, 그만 치게나. 완전히 미친 짓이야. 그만 치라고 하잖나!

(랑크가 반주를 멈추자 노라도 갑자기 춤을 멈춘다.)

헬메르   (노라에게 다가가며) 이럴 줄은 꿈에도 몰랐어. 내가 가
         르쳐준 걸 다 잊어버렸군.

노라   (탬버린을 한쪽으로 던지며) 그렇다니까요! 내 말이 맞죠?

헬메르   음, 지도가 아주 많이 필요하겠군.

노라   맞아요. 내게 지도가 얼마나 많이 필요한지 알겠죠? 당
         신이 마지막 순간까지 날 가르쳐줘야 해요. 토르발, 약
         속할 거죠?

헬메르   날 믿어도 좋아.

노라   오늘과 내일 나 말고는 아무것도 생각하면 안 돼요. 어떤
         편지도 열어보면 안 돼요. 우편함조차 열어보면 안 돼요.

헬메르   아하, 여전히 그 남자가 두려운 거로군.

노라   아, 그래요. 그것도요.

헬메르   노라, 당신 얼굴을 보니 그 사람이 보낸 편지가 이미
         도착했군.

노라   어쩌면요. 모르겠어요. 그렇지만 당신은 지금 그런 걸 읽
         으면 안 돼요. 이게 다 끝나기 전에는 우리 둘 사이에 어
         떤 심각한 문제도 끼어들게 하면 안 돼요.

랑크   (헬메르에게 조용히) 부인을 속상하게 하지 말게나.

헬메르   (한 팔로 노라를 안으며) 우리 아이가 하자는 대로 해주

지. 하지만 내일 밤 당신이 춤을 추고 난 다음에는…….

노라 그때가 되면 당신은 자유예요.

하녀 (오른쪽 문가에서) 식사 준비됐습니다.

노라 헬레나, 샴페인을 마실 거야.

하녀 알겠습니다, 헬메르 부인. (나간다.)

헬메르 이런, 이런, 그럼 우리가 만찬을 여는 거군!

노라 샴페인을 곁들인 저녁 식사를 하는 거예요. 새벽까지요. (그리고 외친다.) 그리고 헬레나, 마카롱도 가져와. 아주 많이. 이번 한 번만…….

헬메르 (노라의 손을 잡으며) 자, 자, 자! 그렇게 너무 흥분하지 마. 나만의 작은 종달새로 다시 돌아와 줘.

노라 아, 예, 그럴게요. 그렇지만 지금은 일단 식당으로 가 있어요. 랑크 박사님도요. 크리스티나, 너는 머리 정리하는 것 좀 도와줘.

랑크 (걸으면서 조용히) 아무 일도 없겠지……. 내 말은 부인이 뭔가를 기다리는 것처럼 보여서 말이야.

헬메르 아, 아니라네, 친구. 말했지 않은가. 노라는 지나치게 흥분하는 경향이 있어. 아이처럼 말이야.

(헬메르와 랑크는 오른쪽으로 들어간다.)

노라　어땠어?

린데 부인　지방에 갔대.

노라　네 얼굴을 보고 그런 줄 알았어.

린데 부인　내일 밤에 돌아온다더라. 그 사람에게 쪽지를 남겼어.

노라　넌 아예 관여하지 말 걸 그랬어. 막으려 하지 말았어야
　　　했어. 어차피 기적을 기다리는 일은 설레게 마련이니까.

린데 부인　뭘 기다린다는 거야?

노라　너는 이해하지 못할 거야. 들어가서 사람들과 어울리렴.
　　　나도 곧 들어갈게.

(린데 부인은 식당으로 들어간다.)

노라　(잠깐 서서 마음을 가다듬은 뒤에 손목시계를 본다.) 자정까지
　　　일곱 시간 남았네. 그리고 내일 자정까지 다시 스물네 시
　　　간 남았고. 그때가 되면 타란텔라는 끝나 있겠지. 스물
　　　네 시간에 일곱 시간을 더하면? 살 시간이 서른한 시간
　　　남았구나.

헬메르　(오른쪽 문가에서) 그런데 나의 작은 종달새는 어디 있지?

노라　(양팔을 활짝 벌린 채 헬메르에게 다가가며) 여기 있어요!

제3막

같은 장소. 탁자와 그 주변의 의자들이 거실 가운데로 옮겨져 있다. 탁자 위에 램프가 환하게 켜져 있다. 복도로 이어진 문이 열려 있고 윗집에서는 춤곡이 들린다.

(린데 부인은 탁자 앞에 앉아 책장을 느릿느릿 넘기고 있다. 책을 읽으려 하지만 집중하지 못하는 것처럼 보인다. 한두 번 정도 문밖에서 나는 소리에 불안하게 귀를 기울인다.)

린데 부인 (손목시계를 보며) 아직도 안 오네! 시간이 별로 없는데. 그 사람이 아직 일을 저지르지 않았으면 좋겠는데 말이야. (다시 바깥에서 나는 소리에 귀를 기울인다.) 아, 왔다.

(복도로 나가 조심스럽게 현관문을 연다. 계단을 올라오는 나지막한 발소리가 들린다. 속삭이듯이 말한다.) 들어오세요. 집에 아무도 없어요.

크로그스타드 (문가에서) 당신이 내 집에 남긴 쪽지를 봤소. 무슨 일이오?

린데 부인 당신과 이야기를 해야 했어요.

크로그스타드 아하? 그런데 이야기를 꼭 이 집에서 해야 했소?

린데 부인 내가 머무는 곳에서는 당신을 만날 수 없거든요. 내 방으로 바로 연결된 독립된 출입구가 없어서요. 들어와요. 우리밖에 없어요. 하녀는 자러 갔고, 헬메르 부부는 윗집의 무도회에 갔어요.

크로그스타드 (거실로 들어오며) 뭐라고? 헬메르 부부가 오늘 밤에 무도회에 갔단 말이오? 정말이오?

린데 부인 그래요. 안 될 것 없잖아요?

크로그스타드 그렇지. 안 될 건 없소.

린데 부인 자, 크로그스타드 씨, 이야기 좀 해요.

크로그스타드 당신과 나 사이에 할 이야기가 있을까?

린데 부인 아주 많죠.

크로그스타드 그런 줄 몰랐는데.

린데 부인 음, 당신은 한 번도 나를 제대로 이해하지 못했죠.

크로그스타드 이해해야 할 게 또 있소? 온 세상이 다 아는 뻔한

이야기 말고. 무정한 여자가 돈 많은 남자가 나타나자 연인을 버리지 않았소?

린데 부인   정말로 내가 그렇게 무정하다고 생각하는 거예요? 그리고 당신과 헤어지는 게 쉬웠는지 알아요?

크로그스타드   그게 사실이 아니라면 그때 왜 나한테 그런 편지를 보낸 거요?

린데 부인   어쩔 수 없었잖아요? 당신과 헤어져야 했으니까요. 그러니 혹시 당신이 나한테 품고 있을지 모를 감정의 싹을 모조리 잘라버려야 했어요.

크로그스타드   (양손을 꽉 쥐며) 그게 다요? 그 모든 게 돈 때문이었던 거요?

린데 부인   내게는 거의 손쓸 수 없을 지경이었던 어머니와 어린 남동생이 둘이나 있었다는 걸 잊은 건 아니겠죠. 크로그스타드 씨, 나는 마냥 당신을 기다리고 있을 수가 없었어요. 더군다나 그때 당신은 아무런 전망도 없는 사람이었잖아요.

크로그스타드   아무리 그렇다고 해도 다른 사람 때문에 나를 버릴 권리는 당신에게 없었소.

린데 부인   과연 내게 그럴 권리가 있었는지 가끔 나 자신에게 물어보곤 했어요. 하지만 정말 나도 모르겠어요.

크로그스타드   (부드럽게) 당신을 잃었을 때 세상이 무너지는 것 같았소. 지금 내 모습을 봐요. 난파당한 채 나무판자 하나에 몸을 의지하고 있는 남자요.

린데 부인　주변에 도움을 줄 사람이 있을 거예요.

크로그스타드　물론 주변 사람들한테서 도움을 받을 수 있었소. 당신이 나타나서 끼어들기 전까지만 해도…….

린데 부인　크로그스타드 씨, 전혀 몰랐어요. 내가 은행에서 얻은 일자리가 당신의 자리였다는 사실을 오늘에야 알았어요.

크로그스타드　그렇게 말하면 믿어야겠지. 그렇다면 이제 다 알게 됐으니 그 자리를 내놓을 거요?

린데 부인　아니요, 그런다고 해서 당신한테 이득이 될 게 없잖아요.

크로그스타드　이득이라, 이득이라니! 나는 성공하기 직전이었단 말이오.

린데 부인　난 행동하기 전에 생각해야 한다는 교훈을 배웠어요. 고된 삶과 슬픈 일이 그걸 가르쳤죠.

크로그스타드　삶은 나에게 그럴싸한 말을 믿지 말라고 가르치더군.

린데 부인　삶이 중요한 교훈을 가르쳤군요. 그럼 당신은 행동을 믿겠네요?

크로그스타드　무슨 뜻이오?

린데 부인　당신이 난파당한 채 나무판자 하나에 몸을 의지하고 있는 남자라고 했잖아요.

크로그스타드   그렇게 말할 만하지.

린데 부인   나 역시 난파당한 채 나무판자 하나에 몸을 의지하고 있는 여자나 마찬가지예요. 내게는 함께 울어줄 사람도, 돌봐줄 사람도 없어요.

크로그스타드   당신 스스로가 선택한 삶이잖소.

린데 부인   당시에는 다른 선택의 여지가 없었어요.

크로그스타드   그래서?

린데 부인   크로그스타드 씨, 난파당한 우리 두 사람이 힘을 합한다고 생각해봐요.

크로그스타드   무슨 말이오?

린데 부인   각자 홀로 나무판자에 몸을 의지하는 것보다 둘이 하나의 나무판자에 함께 의지하는 게 나을 거예요.

크로그스타드   크리스티나!

린데 부인   내가 왜 이 도시에 온 것 같아요?

크로그스타드   정말 나를 생각하고 온 거요?

린데 부인   나는 일을 하지 않고는 살 수가 없어요. 내가 기억하는 한 평생 일을 해왔죠. 일이야말로 나에게는 유일하고 큰 기쁨이었어요. 그렇지만 이 세상에서 혈혈단신 외톨이다 보니 사는 의미가 없고 공허해요. 자신만을 위해 일하는 건 재미가 없어요. 크로그스타드 씨, 내가 뭔가를 위해 그리고 누군가를 위해 일하게 해줘요.

크로그스타드 믿을 수 없는 말이오. 희생하고 싶어서 안달이 난 여인의 지나치게 과장된 고상한 생각일 뿐이오.

린데 부인 내게 조금이라도 과장된 면이 있던가요?

크로그스타드 정말로 그럴 수 있겠소? 말해봐요. 내 과거를 다 알고 있소?

린데 부인 예.

크로그스타드 그리고 이곳에서의 내 평판도 알고 있소?

린데 부인 방금 당신이 한 말은 나와 함께라면 다른 사람이 될 수도 있다는 뜻으로 들리네요.

크로그스타드 그럴 거라고 확신하오.

린데 부인 지금이라도 그렇게 될 수 있지 않을까요?

크로그스타드 크리스티나, 당신이 하는 말을 진지하게 생각해 봤소? 그래, 해봤군. 당신 얼굴에 다 드러나 있어. 그럼 정말로 그렇게 할 용기가 있는 거요?

린데 부인 나는 내가 엄마가 되어줄 누군가가 필요하고, 당신의 아이들은 엄마가 필요하죠. 당신과 나는 서로가 필요해요. 닐, 나는 당신을, 진정한 당신을 믿어요. 당신과 함께라면 무엇이든 할 수 있어요.

크로그스타드 (린데 부인의 양손을 잡으며) 크리스티나, 고맙소. 이제 나는 세상 사람들 앞에서 **떳떳해질** 수 있을 거요.

아, 잊고 있었군…….

린데 부인   (귀를 기울이며) 쉿! 타란텔라 소리예요! 가요, 어서요.

크로그스타드   왜 그러지? 무슨 일이오?

린데 부인   윗집에서 춤 소리가 안 들려요? 이 춤이 끝나자마자 그들이 돌아올 거예요.

크로그스타드   알겠소. 난 가겠소. 그런데 당신과의 이야기가 모두 의미 없는 게 되겠군. 당신은 아마 내가 헬메르 부부에게 무슨 짓을 했는지 모를 거요.

린데 부인   아니요, 크로그스타드 씨, 알고 있어요.

크로그스타드   그런데도 용기가 났단 말이오?

린데 부인   절망감이 당신 같은 남자를 얼마나 망쳐놓는지 아주 잘 알거든요.

크로그스타드   아, 그 일을 되돌릴 수만 있다면!

린데 부인   할 수 있어요. 당신의 편지는 아직 우편함에 있어요.

크로그스타드   확실하오?

린데 부인   확실해요. 하지만…….

크로그스타드   (린데 부인을 살피듯 바라보며) 어떤 대가를 치르더라도 당신의 친구를 구하고 싶겠지, 맞소? 솔직히 말해봐요. 그렇소?

린데 부인   크로그스타드 씨, 한 번 다른 사람을 위해 자신을 희생한 사람은 다시는 그러지 않아요.

크로그스타드 내 편지를 돌려달라고 하겠소.

린데 부인 아니요, 안 돼요!

크로그스타드 하지만 당연히 그래야 하오. 여기에서 헬메르가 올 때까지 기다리다가 내 편지를 돌려달라고 말하겠소. 그저 내 해고에 대한 내용이니 읽을 필요가 없다고 말하겠소.

린데 부인 크로그스타드 씨, 아니에요. 편지를 돌려달라고 하면 안 돼요.

크로그스타드 그렇지만 당신이 날 여기로 오라고 한 이유가 바로 그것 때문 아니었소?

린데 부인 그래요. 처음에는 겁이 나서 그러려고 했어요. 그렇지만 이제 하루가 꼬박 지났을 뿐인데 그동안 나는 이 집에서 도저히 믿을 수 없는 일들을 봤어요. 헬메르는 전말을 모두 알아야 해요. 두 사람이 서로를 완전히 이해할 수 있도록 이 끔찍한 비밀은 밝혀져야 해요. 이렇게 많은 것을 숨기고 속여서는 두 사람 사이에 이해가 생겨날 수 없다고요.

크로그스타드 좋소. 당신이 위험을 무릅쓰겠다면……. 어쨌든 내가 할 수 있는 게 하나 있소. 지금 당장 해야 하오.

린데 부인 (귀를 기울이며) 가요. 어서요! 춤이 끝났어요. 우리는 더 이상 여기에 있으면 안 돼요.

크로그스타드 아래층에서 당신을 기다리겠소.

린데 부인 예, 그렇게 해요. 날 집까지 바래다줘요.

크로그스타드 크리스티나, 그것이야말로 내 평생 가장 멋진 일이오. (현관문으로 나간다. 거실과 복도 사이의 문은 열려 있다.)

린데 부인 (거실을 대강 정리하고 모자와 망토를 챙기며) 이렇게 달라지다니! 완전히 다른 세상이야! 일할 목적이, 살아갈 목적이 돼줄 사람이 생기는 거야. 닦고 꾸밀 집이 생기는 거라고. 집을 아주 아늑하게 만들어야지. 아, 다들 서둘러서 빨리 오면 좋겠는데! (귀를 기울인다.) 지금 오네. 옷을 입어야겠다. (모자와 망토를 집어 든다.)

(헬메르와 노라의 목소리가 밖에서 들려온다. 열쇠가 돌아가고 헬메르가 노라를 거의 끌다시피 해서 거실로 데려간다. 노라는 이탈리아 의상을 입고 검정색 숄을 멋지게 두르고 있다. 헬메르는 가장무도회용 검정색 겉옷을 입고 있으며, 열린 겉옷 사이로 파티용 정장이 보인다.)

노라 (여전히 문가에서 헬메르한테서 벗어나려고 버둥거리며) 싫어요, 싫어. 들어가지 않을래요. 윗집으로 다시 가고 싶어요. 너무 일찍 나왔단 말이에요.

헬메르 하지만 사랑하는 노라…….

노라 아, 토르발, 제발요. 진심으로 부탁해요……. 한 시간만 더요.

헬메르　노라, 단 일 분도 안 돼. 우리가 합의한 규칙을 알잖아. 이제 들어와요. 이렇게 계속 밖에 있다가는 감기에 걸리고 말 거야. (노라의 저항에도 헬메르는 아내를 부드럽게 거실 안으로 데리고 들어간다.)

린데 부인　안녕하세요.

노라　크리스티나!

헬메르　아니, 린데 부인, 이렇게 늦게 무슨 일이신가요?

린데 부인　예, 죄송해요. 노라가 가장무도회 의상을 입은 모습을 꼭 보고 싶어서요.

노라　계속 여기 앉아서 날 기다린 거야?

린데 부인　응. 안타깝게도 시간에 맞춰 도착하지 못했어. 이미 네가 윗집으로 간 다음이었어. 그래도 널 보지 않은 채 갈 수가 없었어.

헬메르　(노라의 숄을 벗겨주며) 예, 자, 보십시오! 굳이 말하자면 제 아내는 구경할 만한 가치가 있지요. 린데 부인, 사랑스럽지 않습니까?

린데 부인　정말 그렇네요.

헬메르　굉장히 사랑스럽지 않습니까? 무도회에 참석한 사람들 모두 그렇게 생각했을 겁니다. 그렇지만 이 귀여운 작은 새는 지독하게 고집불통이에요. 대체 제 아내를 어쩌면 좋을까요? 도저히 못 믿으시겠지만, 제가 강제로 데리고 나와야 했다니까요.

노라 토르발, 단 삼십 분도 더 있지 못하게 한 걸 곧 후회할 거 예요.

헬메르 린데 부인, 노라가 어쨌는지 이야기 좀 들어보세요! 노라는 타란텔라를 췄어요. 대단한 갈채를 받았죠. 그렇긴 했지만 음, 정확히 말하자면 좀 지나치게 자연스러웠지요. 그러니까 엄밀히 따지자면 원래의 춤보다 예술적인 면이 좀 과했어요. 하지만 괜찮습니다. 성공적이었으니까요. 엄청나게 성공적이었지요. 그러고 나서 더 있게 해서 성과를 망쳐야 했을까요? 안 될 말이지요. 저는 제 사랑스러운 작은 카프리 아가씨를 한 팔로 안고 빠르게 무도회장을 쭉 돌며 사람들에게 인사를 했지요. 아, 변덕스러운 작은 카프리 아가씨라고 말해도 되겠지요. 그러고 나니 흔히 소설에서 말하듯이 아름다운 모습이 빛을 잃어버렸던 겁니다! 린데 부인, 항상 제때에 퇴장해야 여운이 남는 법 아닌가요. 하지만 저는 노라한테 이 점을 이해시킬 수가 없네요! 휴, 여기는 덥네요. (가장무도회용 겉옷을 벗고 서재 문을 연다.) 이런, 여긴 완전히 암흑이군! 하긴 당연하지. 저는 물러나겠습니다. (서재로 들어가서 초를 켠다.)

노라 (숨을 헐떡이며 급하게 속삭인다.) 어떻게 됐어?

린데 부인 (조용히) 그 사람이랑 이야기했어.

노라　그래서?

린데 부인　노라, 너는 네 남편에게 모두 말해야 해.

노라　(멍하니) 그럴 줄 알았어.

린데 부인　이제 크로그스타드를 무서워할 필요는 없어. 그렇지만 네 남편한테는 꼭 말해야 해.

노라　절대로 말하지 않을 거야.

린데 부인　그러면 편지를 보고 알게 될 거야.

노라　고마워, 크리스티나. 이제는 내가 해야 할 일이 뭔지 알겠어. 쉿!

헬메르　(다시 거실로 들어오며) 자, 린데 부인, 노라의 모습을 확실히 봤나요?

린데 부인　예, 그랬답니다. 그럼 이제 작별 인사를 드려야겠군요.

헬메르　아니, 벌써요? 이건 부인의 것인가요? 이 뜨개질거리 말입니다.

린데 부인　(뜨개질거리를 받으며) 예, 고맙습니다. 말씀해주지 않았다면 잊어버릴 뻔했네요.

헬메르　부인도 뜨개질을 하시나 보군요?

린데 부인　아, 예.

헬메르　흠, 수를 놓는 게 훨씬 나을 텐데요.

린데 부인　그래요? 왜요?

헬메르　훨씬 더 우아하지 않습니까. 보여드리죠. 수놓는 천을 이렇게 왼손으로 잡고, 오른손으로 바늘을 들어 부드럽게 긴 곡선을 그리는 겁니다. 그렇지 않습니까?

린데 부인 글쎄, 그런 것 같네요.

헬메르 그렇지만 뜨개질은 상당히 다르지요. 우아할 수가 없어요. 여길 보십시오. 양팔을 딱 모으고 바늘을 오르락내리락하죠. 중국의 영향을 거의 그대로 받았어요. 아, 오늘 파티에 정말 맛좋은 샴페인이 나왔답니다······.

린데 부인 저, 그럼 안녕히 계세요. 그리고 노라, 이제 그만 좀 고집 부려.

헬메르 린데 부인, 아주 옳은 말씀입니다.

린데 부인 헬메르 씨, 안녕히 주무세요.

헬메르 (문까지 배웅하며) 안녕히 가세요, 안녕히 가세요. 집까지 안전하게 가십시오. 모셔다 드리고 싶지만, 그리 멀지 않지요? 안녕히 가세요, 안녕히 가세요. (린데 부인이 나가자 다시 거실로 돌아오면서) 아이고, 끝까지 가지 않을 줄 알았네. 지독하게도 지겨운 여자야.

노라 토르발, 완전히 지치지 않았어요?

헬메르 아니, 전혀.

노라 졸리지 않아요?

헬메르 전혀. 오늘따라 유난히 기운이 넘치는걸. 당신은 어때? 그래, 당신은 완전히 지쳐 보이는군. 이런! 내 눈에는 거의 졸고 있어.

노라   예, 아주 피곤하네요. 당장 여기에서 잠들 지경이에요.

헬메르   그것 봐. 그것 보라고! 거기에 더 있지 않길 잘했지.

노라   토르발, 뭘 하든 항상 당신이 옳아요.

헬메르   (노라의 이마에 입을 맞추며) 나의 작은 종달새가 이제야 분별 있는 사람처럼 말하는군. 오늘 저녁에 랑크가 얼마나 즐거워했는지 당신도 봤어?

노라   아, 그랬어요? 나는 그분과 이야기할 기회가 없었어요.

헬메르   나도 그랬지. 하지만 그렇게 즐거워 보인 적은 최근 들어 거의 없었어. (노라를 잠깐 바라보더니 그녀 쪽으로 걸어간다.) 집에 오니 정말 좋군. 단둘이 있으니 말이야. 당신은 진짜 매력적이야, 사랑스러운 아이 같으니라고.

노라   토르발, 그렇게 보지 말아요.

헬메르   나의 가장 소중한 보물을 보지 말라고? 그 누구도 아닌 나한테만 속한, 바로 나의 것인 이 아름다움을?

노라   (탁자의 반대편으로 돌아가며) 오늘 밤은 그런 말을 하면 안 돼요.

헬메르   (노라를 따라가며) 당신의 피에 아직도 타란텔라의 기운이 흐르고 있나 보군. 그러니까 여느 때보다도 더 매혹적인걸. 들어봐, 파티가 끝나가나 봐. (부드럽게) 노라, 곧 온 집이 조용해질 거야……

노라 예, 그랬으면 좋겠어요.

헬메르 응, 그러겠지. 안 그래, 나의 사랑스러운 노라? 말해줄
게 있어. 내가 파티에 가면 왜 당신과 거의 이야기를 하지
않는지, 왜 당신 근처에 가지 않는지, 왜 당신을 몰래 훔쳐
보는지 알아? 내가 왜 그러는지 아냐고? 그건 우리가 비밀
연애를 하는 사이라고, 비밀리에 약혼한 사이라고, 아무
도 우리 관계를 눈치 채지 못한다고 상상하기 때문이야.

노라 아, 그래요, 그래요. 당신이 항상 내 생각을 하고 있다는
거 알아요.

헬메르 그리고 집에 돌아갈 때가 되면 숄을 당신의 아름답고
젊은 어깨와 매력적인 목에 둘러주는 거야. 그러면서 당
신이 나의 어린 신부라고 상상하지. 결혼식을 막 마치고
당신을 처음으로 내 집에 데려간다고 상상하는 거야. 처
음으로 당신과 단둘이 있게 된다고, 가슴 떨리는 당신의
젊음과 사랑스러움을 독차지하게 된다고 말이야. 오늘
저녁 내내 나는 당신만을 갈망했어. 타란텔라를 추며 몸
을 흔들고 유혹의 손짓을 하는 당신을 지켜보며 피가 끓
어올라 견딜 수 없을 지경이었어. 그래서 서둘러 당신을
집으로 데리고 온 거야.

노라 토르발, 싫어요, 저리 가요. 혼자 있고 싶어요. 난 이러고
싶지 않⋯⋯.

헬메르   뭐 하는 거지? 그러니까 나의 작은 노라가 나랑 장난
      을 하자는 건가? 싫다고? 난 당신 남편이야, 안 그래?

(현관문을 두드리는 소리가 들린다.)

노라   (깜짝 놀라며) 들어봐요!

헬메르   (복도로 걸어가며) 누구세요?

랑크   (밖에서) 나네. 잠깐 들어가도 될까?

헬메르   (작은 소리로 언짢은 듯이) 하, 이렇게 늦게 무슨 일이지?
      (큰 소리로) 잠깐만. (현관으로 가서 문을 연다.) 이런, 그냥
      지나치지 않고 들러줘서 고맙군.

랑크   이야기 소리가 들리는 것 같아서 자네를 보고 가야겠다
      싶었지. (재빨리 거실을 훑어본다.) 아, 그래. 역시 소중하고
      친숙한 집이야. 여기 사는 두 사람은 아주 행복하고 안
      락해 보여.

헬메르   자네는 윗집에서도 상당히 행복해 보이던데.

랑크   아주 좋았지. 그렇지 않을 이유가 없지 않은가? 이 세상
      에 있는 걸 모두 즐기지 않을 이유가 없지 않은가? 어쨌
      든 즐길 수 있는 만큼, 즐길 수 있는 동안은 말이야. 와인
      이 아주 훌륭하더군!

헬메르   특히 샴페인이 그랬지.

랑크   자네도 그렇게 생각했나? 내가 그렇게 많이 마셨다니 굉
      장해!

노라   토르발도 오늘 밤에는 상당히 많이 마셨어요.

랑크   아, 그랬나요?

노라   예, 토르발은 언제나 술을 마시면 기분이 붕 뜨거든요.

랑크   남자가 온종일 열심히 일하고 나서 즐거운 저녁을 보내
      지 못할 이유가 없죠.

헬메르   온종일 열심히 일한 다음이라고? 내가 그랬다고는 말
        하지 못하겠는걸.

랑크   (헬메르의 등을 찰싹 치며) 아하, 그렇지만 나는 그렇게 말
      할 수 있다네.

노라   랑크 박사님, 그럼 오늘 과학 실험을 하셨나 보네요?

랑크   바로 그겁니다.

헬메르   이런, 이런! 작은 노라가 과학 실험이라는 말을 하다니!

노라   축하드릴 결과가 나왔나요?

랑크   그렇답니다.

노라   그럼 결과가 좋았나요?

랑크   의사를 위해서나 환자를 위해서나 최상의 결과였습니다.
      확실하게요.

노라   (재빨리 표정을 살피며) 확실하다고요?

랑크   완벽하게 확실했습니다. 그러니 그다음에는 즐거운 저녁

시간을 보내야 하지 않겠습니까?

노라 예, 랑크 박사님. 물론 그러셔야죠.

헬메르 나도 그렇게 생각하네. 다음 날 아침에 고생하지만 않
는다면 말일세.

랑크 아, 글쎄. 이 세상에 공짜란 없는 법이지.

노라 랑크 박사님, 화려한 가장무도회를 좋아하시나 보죠, 그
렇죠?

랑크 예, 예쁜 의상이 많을 때는요.

노라 그럼 말해주세요. 다음번에는 박사님과 제가 무엇으로
변장하고 나갈까요?

헬메르 산만한 아가씨, 벌써 다음 무도회를 생각하고 있다니!

랑크 부인과 저라고요? 좋아요. 제 생각에 부인은 행운의 여신
으로 변장하면 좋겠군요.

헬메르 아, 하지만 그걸 표현하려면 무슨 옷을 입어야 할까?

랑크 자네 부인은 그냥 평상복을 입고 가도 충분하다네…….

헬메르 아주 멋진 대답이군. 그렇다면 자네는 무엇으로 변장
할지 계획 있나?

랑크 아, 물론이지, 친구. 확실히 알고 있다네.

헬메르 그래?

랑크 다음 가장무도회에서 나는 투명 인간이 될 걸세.

헬메르 특이한 생각이군!

랑크　커다란 검정색 모자가 있어. 투명 모자라고 들어봤을 걸세. 그 모자를 쓰면 아무도 그 사람을 볼 수 없지.

헬메르　(웃음을 참으며) 음, 자네 말이 맞을 거야.

랑크　그나저나 여기 온 이유를 잊어버리고 있었군. 헬메르, 시가 한 대 주게나. 검정 하바나로 말일세.

헬메르　물론이지, 기꺼이. (상자를 내민다.)

랑크　(한 대 집어 들고 끝을 자르며) 고맙네.

노라　(성냥을 그으며) 불을 붙여드릴게요.

랑크　고마워요. (노라가 시가에 불을 붙일 때까지 서 있다.) 그럼 이만, 잘들 있어요.

헬메르　잘 가게, 잘 가. 내 소중한 친구.

노라　랑크 박사님, 잘 가세요.

랑크　그렇게 말해줘서 고마워요.

노라　저에게도 같은 말을 해주세요.

랑크　부인에게요? 음, 원하신다면……. 잘 있어요. 그리고 불을 붙여줘서 고마워요……. (두 사람에게 고개를 끄덕이고 나간다.)

헬메르　(조용히) 저 친구 술을 너무 많이 마셨군.

노라　(멍하니) 아마도요.

(헬메르는 주머니에서 열쇠 꾸러미를 꺼내 복도로 나간다.)

노라 거기에서 뭐 하려고요?

헬메르 우편함을 비워야지. 거의 꽉 찼어. 내일 신문들이 들어
        갈 자리가 없을 거야.

노라 오늘 밤에 일할 거예요?

헬메르 아니란 걸 당신도 잘 알잖아. 어라, 이게 뭐지? 누가
        자물쇠에 손을 댔잖아!

노라 자물쇠를요?

헬메르 응, 분명해. 어떻게 된 거지? 하녀가 그랬을 리 없는데.
        여기에 부러진 머리핀이 있군. 노라, 당신 거잖아!

노라 (재빨리) 아마 아이들이…….

헬메르 그러면 당신이 그런 짓을 못 하게 했어야지. 어, 어, 됐
        다. 예전처럼 열리는군. (우편함 속 내용물을 다 꺼낸 뒤 부엌
        을 향해 외친다.) 헬레나? 헬레나, 현관 램프를 끄도록 해.
        (현관문을 닫고 손에 편지 뭉치를 든 채 거실로 들어간다.)

헬메르 이것 봐! 우편물이 얼마나 많이 왔는지 말이야. (우편물
        을 훑어보다가) 이게 뭐지?

노라 (창가에서) 그 편지다! 토르발, 안 돼요, 안 돼요!

헬메르 명함이군. 랑크 거라고.

노라 랑크 박사님이오?

헬메르 (명함을 보며) '의학박사 랑크', 이게 맨 위에 있어. 아까
        가면서 우편함에 넣었나 봐.

128

노라   거기에 뭐라고 쓰여 있나요?

헬메르   이름에 검은색으로 가위표가 그려져 있어. 이것 보라고. 어쩐지 섬뜩한걸. 마치 자신의 죽음을 알리는 것 같잖아.

노라   그런 뜻으로 한 거예요.

헬메르   뭐라고? 뭐 아는 거 있어? 그 친구가 무슨 말을 하던가?

노라   예. 우리가 이런 명함을 받으면 그분이 우리에게 작별을 고하는 거라고 하더군요. 죽을 때까지 칩거할 거라고 그랬어요.

헬메르   불쌍한 내 오랜 벗. 물론 내 곁에 오래 머물지 못하리라는 걸 알았지만 이렇게 일찍……! 더군다나 상처받은 동물처럼 떠나 숨어버리다니…….

노라   어차피 어쩔 수 없는 일이라면 차라리 말없이 떠나는 게 최선이겠죠. 토르발, 안 그래요?

헬메르   (왔다 갔다 하며) 그 친구는 우리 삶에서 아주 많은 부분을 차지하고 있었는데. 나는 그가 떠났다는 게 실감이 나질 않아. 그 친구의 외로움과 고통은 햇살 같은 우리 행복을 돋보이게 하는 구름 낀 배경 같았지. 음, 이게 최선인지도 모르지. 적어도 그 친구에게는. (걸음을 멈추며) 어쩌면 우리한테도 말이야. 이제 당신과 나 둘뿐이니 서로 의지할 수밖에 없잖아. (한 팔로 노라를 안으며) 아, 내 사랑, 아무리 당신을 안아도 충분하지 않다는 느낌이 들어. 노라, 가끔은 말이야. 당신을 구하기 위해 내가 가진 모든 것, 심지어 내 목숨조차 내던질 수 있도록 차라리 당신한테 급박한 위험이 닥쳤으면 하고 바랄 때가 있어.

노라   (포옹에서 빠져나와 단호하고 결의에 찬 말투로) 토르발, 이제 편지를 읽어봐요.

헬메르   아니야, 아니야, 오늘 밤은 싫어. 사랑하는 아내와 있고 싶은걸.

노라   당신 친구가 죽어가고 있는 판국에요?

헬메르   그래, 당신이 옳아. 우리 둘에게 다 속상한 소식이지. 우리 사이에 추악한 게 비집고 들어왔어. 죽음과 종말에 대한 생각 말이야. 그 생각을 떨쳐버리려고 노력해야 해. 그렇게 될 때까지는 떨어져 있자고.

노라   (양팔로 헬메르의 목을 안고) 잘 자요, 토르발. 잘 자요.

헬메르   (노라의 이마에 입을 맞추며) 잘 자, 노라. 푹 자도록 해, 나의 작은 새. 나는 이제 편지를 읽을게. (편지 뭉치를 들고 서재로 들어가 문을 닫는다.)

노라   (고뇌에 찬 눈빛으로 주변을 둘러보더니 헬메르의 가장무도회용 겉옷을 집어서 몸에 걸친다. 쉰 목소리로 빠르게 띄엄띄엄 속삭인다.) 그이를 두 번 다시 보지 못할 거야! 다시는, 다시는, 다시는! (숄을 머리에 두른다.) 그리고 아이들도 두 번 다시 보지 못할 거야. 다시는, 다시는. 얼음처럼 차가운

검은 물. 깊고 아주 깊은……. 아, 이미 끝난 일이라면 얼마나 좋을까! 그이가 지금 편지를 갖고 있어, 읽고 있어……. 아, 안 돼, 안 돼. 아직은 아니야. 안녕, 토르발. 안녕, 아이들아.

(노라가 복도로 나가려고 한다. 바로 그때 헬메르가 손에 개봉된 편지를 들고 서재 문을 거칠게 열어젖히며 나온다.)

헬메르 노라!

노라 (요란한 외마디 비명을 지르며) 아……!

헬메르 이게 다 무슨 소리지? 이 편지 내용을 알아?

노라 예, 알아요. 가게 해줘요, 가게 해줘요!

헬메르 (노라를 막으며) 어딜 가려는 거지?

노라 (벗어나려고 버둥거리며) 토르발, 당신은 나를 구하면 안 돼요!

헬메르 (충격을 받은 표정으로) 맞아! 그럼 여기 쓰인 말이 다 사실이야? 이렇게 기가 막힌 일이 있다니! 아니야, 아니야. 그럴 리가 없어. 사실일 리가 없어.

노라 사실이에요. 나는 세상 그 누구보다 당신을 사랑했어요.

헬메르 그런 어리석은 핑계 대지 마.

노라 (헬메르에게 한 발 다가서며) 토르발……!

헬메르 이런 한심한 여자 같으니라고. 대체 무슨 짓을 한 거야?

노라 가게 해줘요. 당신이 비난받으면 안 돼요. 나 때문에 당신이 고통받게 내버려둘 수가 없어요.

헬메르 극단적으로 행동하겠다는 생각은 버려. (현관문을 잠그며) 전부 설명할 때까지는 못 나가. 당신이 무슨 짓을 저질렀는지 알아? 대답해. 아느냐고?

노라 (헬메르에게 시선을 고정한 채 갈수록 표정이 굳어지며) 예, 이제 모든 걸 깨닫기 시작했어요.

헬메르 (거실을 서성이며) 이제야 깨닫다니 끔찍하군! 지난 팔 년 동안 당신은 내 기쁨이자 자랑이었어. 그런데 이제 와 보니 당신은 거짓말쟁이에다 위선자야. 아니, 그보다 더 지독한 범죄자야! 세상에, 차마 말할 수 없을 정도로 추악한 일이야! 아, 으악!

(노라는 아무 말 없이 헬메르를 뚫어져라 쳐다본다. 헬메르는 노라 앞에 멈춰 선다.)

헬메르 이런 일이 생길 줄 알았어야 하는 건데. 미리 예상했어야 하는데. 당신 아버지의 형편없는 성격……. 조용히 해! 당신 아버지의 형편없는 성격이 당신한테서 그대로 나타난 거야. 종교도 없고, 도덕성도 없고, 책임감도 없어……. 당신 아버지의 잘못을 용서해준 대가가 이건가! 당신을 위해 그랬던 건데 이렇게 갚는군!

노라 그래요. 이렇게요.

헬메르 당신은 내 행복을 완전히 파괴했어. 내 모든 미래를 망쳤다고! 아, 생각만 해도 참을 수가 없군. 양심이라고는 추호도 없는 남자의 손에 내 운명이 달려 있다니. 그 인간은 자기 마음대로 나를 좌지우지할 거야. 그는 원하는 것을 요구하고 내키는 대로 명령할 테지. 그리고 나는 감히 거절할 수 없겠지. 이제 나는 무기력한 여자 하나 때문에 완전히 추락하게 생겼어!

노라 내가 떠나면 당신은 자유로워질 거예요.

헬메르 그럴 듯한 말을 늘어놓는 건 그만둬, 제발! 당신 아버지도 항상 미사여구를 늘어놨지. 당신 말대로 당신이 '떠나면' 내게 무슨 도움이 되겠어? 전혀 도움이 되지 않는다고! 여전히 그 남자가 이리저리 소문을 낼 거고, 그렇게 되면 당신의 부정직한 거래에 내가 연루됐다는 의심을 받을 거야. 사람들은 내가 배후 조종자라고 생각할지도 몰라. 내가 당신을 부추겼다고 생각할 거라고. 결혼 생활 내내 당신을 소중히 여긴 결과가 이거라니. 이제 당신이 나한테 무슨 짓을 저질렀는지 알겠어?

노라 (차분하고 냉정하게) 알아요.

헬메르 도저히 해결할 수 없을 정도로 큰일이라고. 그렇지만 우리는 상황을 정리해야 해. 숄을 벗어. 숄을 벗으라고 하잖아. 나는 어떻게 해서든 그 사람을 달래봐야 해. 어떤 대가를 치르더라도, 무슨 수를 쓰더라도 이 일을 숨겨야 해. 우리 관계도 예전과 똑같은 것처럼 보여야 해. 하지만 물론 다른 사람들 눈에만 그렇게 보이게 해야 한다는 말이야. 당신은 앞으로도 여기 내 집에 계속 있어야 해. 그거야 말할 필요도 없지. 그렇지만 당신이 아이들을 키우는 건 허락하지 않겠어. 당신을 믿고 아이들을 맡길 수가 없어. 아, 생각해보니 이 말을 내가 아주 사랑했던 사람에게 해야 하다니. 내가 여전히 사랑하는 사람……. 아, 그렇지. 모두 끝난 일이군. 그래야 해. 지금부터 행복은 없어. 그저 산산조각이 난 행복을 그러모으게 될 뿐이야. 허울뿐인 행복의 파편들을…….

(현관 쪽에서 초인종 소리가 들린다.)

헬메르 (마음을 가라앉히며) 뭐지, 이렇게 늦은 시간에? 최악의 사태가 일어나려는 건가, 설마 그 사람이……? 노라, 눈에 띄지 않게 가 있어. 아프다고 해.

(노라는 꿈쩍하지 않고 그대로 서 있다. 헬메르는 현관 쪽으로 가서 문을 연다.)

하녀   (옷을 반쯤만 챙겨 입은 채로 문가에서) 헬메르 부인 앞으로 편지가 왔습니다.

헬메르   이리 줘. (편지를 받고 문을 닫는다.) 그래, 그 사람이 보낸 거군. 당신이 받으면 안 돼. 나 혼자 읽어야 해.

노라·   예, 읽으세요.

헬메르   (램프 옆에서) 도저히 읽을 수가 없어. 이 편지는 우리 둘에게 파멸을 가져올지도 몰라. 아니야, 알아야겠어! (편지 봉투를 급하게 찢어서 열고 눈으로 몇 줄을 훑어본다. 동봉된 서류를 보고 나서 기쁨에 차서 외친다.) 노라!

(노라는 궁금해하며 헬메르를 본다.)

헬메르   노라! 잠깐만, 먼저 다시 읽어봐야겠어……. 그래, 정말이군. 난 살았어! 노라, 난 살았다고!

노라   그럼 나는요?

헬메르   물론 당신도. 우리 둘 다 살았어. 당신과 나 둘 다. 이것 봐. 그 사람이 당신의 어음을 돌려보냈어. 후회하고 사과한다는군. 그의 삶에 행운이 찾아와 변했다고…….

아, 그 사람이 뭐라고 말하는지 신경 쓸 것 없어. 노라, 우리는 살았어. 이제 아무도 우리를 건드릴 수 없어. 아, 노라, 노라. 잠깐, 먼저 이 혐오스러운 걸 다 없애버려야겠군. (어음에 시선을 던지며) 아니야, 쳐다보는 것도 안 돼. 이 모든 일이 그저 악몽이라고 생각해야 해. (어음과 편지 두 통을 갈기갈기 찢어서 난로에 던지고 불에 타는 모습을 지켜본다.) 됐어! 이제 다 사라졌어. 그가 편지에서 말하기를 크리스마스이브 이후로 당신이, 이런, 노라, 지난 삼 일이 당신에게는 아주 지독한 시간이었겠군.

노라 삼 일 내내 정말 힘들었어요.

헬메르 뾰족한 수가 없는 노릇이라 아주 고통스러웠겠군. 그 방법을 제외하고는……. 아니야, 우리는 이 지긋지긋한 일을 기억에서 모두 지워버려야 해. 이제 기쁨의 함성을 외쳐도 돼. 몇 번이고 말이야. "끝났다. 다 끝났어!" 이봐, 노라. 실감이 안 나는 것 같군. 다 끝났다고. 뭐가 문제야? 왜 그렇게 우울한 표정이지? 불쌍한 작은 노라, 왜 그러는지 알겠군. 내가 당신을 용서했다는 걸 믿을 수 없나 보군. 하지만 나는 당신을 용서했어. 노라, 맹세해. 나는 당신이 저지른 모든 짓을 용서했어. 나를 사랑해서 그랬다는 걸 이제는 알아.

노라 사실이에요.

헬메르   당신은 마땅히 아내가 그래야 하듯이 남편을 사랑해서 그랬던 거야. 그저 당신은 경험이 없어서 무슨 짓을 한 건지 몰랐던 거야. 당신이 스스로 행동하는 법을 모른다고 해서 내가 당신을 덜 사랑할 것 같아? 아니야, 아니야, 당신은 그냥 나한테 의지하기만 하면 돼. 내가 조언을 해주고 당신을 이끌어줄게. 여성스러운 무력함이 있기에 당신이 더욱 매력적이란 사실을 모른다면 나는 제대로 된 남자가 아니지. 세상이 무너지는 것 같던 순간에 당신한테 했던 심한 말은 모두 잊도록 해. 나는 당신을 용서했어. 노라, 맹세해. 나는 당신을 용서했어.

노라   용서해줘서 고마워요. (오른쪽에 있는 문으로 나간다.)

헬메르   아니야, 가지 마. (안을 들여다본다.) 거기서 뭐 하는 거야?

노라   (멀리서) 가장무도회 의상을 벗고 있어요.

헬메르   (열린 문가에서) 그래, 그렇게 해. 진정하고 마음을 가라앉히려 노력해봐. 겁에 질린 나의 작은 새, 당신은 마음 놓고 쉬어도 돼. 내 커다란 날개가 당신을 보호해줄 테니까. (문가에서 서성거린다.) 아, 노라, 우리 집은 정말 따뜻하고 안락해. 이곳은 당신의 유일한 피난처야. 내가 매의 발톱에서 구해낸 쫓기던 비둘기처럼 당신을 보호해줄게. 놀라서 쿵쾅거리는 당신의 불쌍한 가슴을 천천히 진정시켜줄게. 노라, 내 말을 믿어도 돼. 아침이 되면 이 상황이 다르게 보일 거고, 곧 모든 일이 예전과 똑같아질 거야. 내가 당신을 용서했다는 말을 계속할 필요가 없어질 거야. 내가 용서했다는 사실을 가슴으로 느낄 테니까. 당신은 대체 어떻게 내가 당신을 거부하거나 심지어 비난할 거라고 상상한 거야? 아, 노라, 당신은 진정한 남자의 마음을 몰라. 아내를 용서했다는 것을, 진심으로 완전히 용서했다는 것을 마음속 깊이 깨닫는 건 남자에게 말로 다 못 할 만큼 굉장히 보람되고 만족스러운 일이야. 그렇게 해서 아내가 두 배 더 남편의 소유가 된 것 같은, 아내를 새롭게 태어나게 한 것 같은 기분이 들지! 어떻게 보면 아내는 남편의 아내이자 아이이기도 하지. 그러니 지금부터 당신은 나한테 그런 존재가 될 거야. 겁에 질리고 무기력하고 불쌍한 사람 같으니라고. 노라, 아무것도 걱정할 필요 없어. 그저 나한테 전적으로 솔직하기만 하면 내가 당신의 의지와 양심이 돼줄게……. 어, 이게 뭐야? 잠자리에 들지 않을 거야? 옷을 갈아입었잖아!

노라 (평상복 차림으로) 그래요, 토르발. 옷을 갈아입었어요.

헬메르 하지만 왜? 이 늦은 시간에!

노라 나는 오늘 밤 자지 않을 거예요.

헬메르 하지만 사랑하는 노라…….

노라 (손목시계를 보며) 그리 늦지 않았어요. 토르발, 여기 앉아요. 당신과 나는 할 이야기가 많아요. (탁자의 한쪽으로 가서 앉는다.)

헬메르   노라, 무슨 일이야? 왜 그렇게 굳은 표정이지?

노라   앉아요. 좀 오래 걸릴 거예요. 당신에게 할 말이 많아요.

헬메르   (노라의 건너편에 앉으며) 노라, 당신이 그러고 있으니 겁이 나려고 해. 당신을 이해하지 못하겠어.

노라   그렇겠죠. 그게 문제예요. 당신은 날 이해하지 못해요. 그리고 나도 당신을 이해한 적이 한 번도 없어요. 오늘 밤까지만 해도 그랬어요. 아니요, 끼어들지 말아요. 토르발, 그냥 내가 하는 말을 잘 들어요. 이제 정리하기로 해요.

헬메르   무슨 뜻이야?

노라   (잠시 멈췄다가) 우리가 여기 앉아 있는 게 뭔가 이상하다는 생각이 들지 않나요?

헬메르   아니…… 뭐가?

노라   우리가 결혼한 지 이제 팔 년이 됐어요. 그런데 우리 둘이, 당신과 내가, 남편과 아내가 이렇게 진지하게 이야기를 나누는 게 처음이라는 걸 모르겠어요?

헬메르   진지하게라니? 그게 무슨 말이야?

노라   팔 년 내내, 아니 그보다 더 오래, 처음 만났을 때부터 우리는 진지한 주제를 놓고 솔직하게 이야기를 나눈 적이 한 번도 없어요.

헬메르   내가 당신한테 어쩔 도리가 없는 걱정거리들을 이야기
          했어야 한다는 말이야?

노라   걱정거리를 말하는 게 아니에요. 내 말은 우리가 진지하
          게 함께 앉아서 무언가의 진짜 원인을 알아내려고 노력
          해본 적이 한 번도 없었다는 거예요.

헬메르   그렇지만 사랑하는 노라, 그래 봤자 당신한테 무슨 이
          득이 있겠어?

노라   그게 핵심이에요. 당신은 나를 전혀 이해하지 못했어요.
          토르발, 나는 지독하게 부당한 취급을 받았어요. 처음에
          는 아빠한테서, 그다음에는 당신한테서.

헬메르   뭐라고? 당신 아버지와 나한테서? 우리 두 사람은 세
          상 누구보다도 당신을 사랑했다고.

노라   (고개를 흔들며) 당신은 나를 사랑한 적이 없어요. 그저 나
          와 사랑에 빠져 있는 기분을 즐겼을 뿐이에요.

헬메르   노라, 대체 무슨 소리를 하는 거야?

노라   토르발, 사실이잖아요. 내가 아빠와 함께 고향집에서 살
          때 아빠는 모든 일에 자신의 생각을 말씀하셨어요. 그래
          서 나도 아빠와 똑같이 생각했어요. 아빠와 생각이 다를
          때는 속으로 감췄죠. 그러지 않으면 아빠가 싫어하셨을
          테니까요. 아빠는 나를 자신의 작은 인형이라 부르셨고,
          내가 인형이랑 놀듯이 나를 갖고 노셨어요. 그리고 내가

당신 집에 와서 살게 됐을 때…….

헬메르 우리 결혼을 그런 식으로 말하다니, 말도 안 돼!

노라 (신경 쓰지 않은 채) 내가 아빠의 손에서 당신의 손으로 넘어갔다는 말이에요. 당신은 모든 것을 당신의 취향에 맞게 꾸몄어요. 그래서 나도 당신과 취향이 똑같게 됐어요. 아니면 적어도 그런 척했죠. 나도 잘 모르겠어요. 어쩌면 둘 다였던 것 같아요. 어느 때는 당신의 취향과 같았고 어느 때는 그저 그런 척했고요. 이제 와서 생각해보니 나는 이곳에서 빈민처럼 그저 근근이 먹고 살았어요. 토르발, 당신한테 재롱이나 떨면서 살았단 말이에요. 당신이 그러길 원했던 거죠. 당신과 아빠는 나한테 지독한 죄를 저질렀어요. 내가 제대로 살지 못한 것은 두 사람의 잘못이에요.

헬메르 노라, 말도 안 되는 소리야. 은혜를 모르는 소리라고. 이곳에서 행복하지 않았어?

노라 아니요, 행복한 적이 없었어요. 그런 줄 알았지만, 사실은 전혀 행복하지 않았어요.

헬메르 전혀…… 행복하지 않았다고?

노라 그래요, 그저 재미있었을 뿐이죠. 당신은 늘 나한테 아주 친절했어요. 그렇지만 우리 집은 놀이방에 불과했어요. 내가 친정에서 아빠의 인형 같은 아이였듯이 이곳에서 나는 당신의 인형 같은 아내였어요. 그리고 아이들 역시 내 인형들이었죠. 아이들이 내가 함께 놀아주면 좋아하듯이 나는 당신이 나와 놀아주는 걸 좋아했어요. 토르발, 그게 바로 우리의 결혼 생활이었어요.

헬메르 과장이 너무 심하지만 당신 말이 어느 정도는 사실이지. 그렇지만 지금부터는 달라질 거야. 놀이 시간은 끝났고 이제는 교육을 할 때가 됐어.

노라 누구를 교육하는데요? 나인가요, 아니면 아이들인가요?

헬메르 사랑하는 노라, 당신과 아이들을 모두 말하는 거야.

노라 아, 토르발, 당신은 나를 진정한 아내가 되도록 가르칠 수 있는 사람이 아니고…….

헬메르 그게 무슨 말이야?

노라 그리고 나는 아이들을 키울 자격이 없지 않나요?

헬메르 노라!

노라 바로 조금 전에 당신 입으로 나를 믿고 아이들을 맡길 수 없다고 말하지 않았나요?

헬메르 그거야 화가 나서 한 말이었지. 그런 말에 신경 쓰지 말라고.

노라 하지만 당신 말이 완전히 옳아요. 나는 아이들 교육에 걸맞은 사람이 아니에요. 먼저 해야 할 다른 일이 있어요. 일단 나부터 교육을 받아야 한다고요. 그리고 당신

은 내가 교육을 받도록 도와줄 적임자가 아니에요. 나
혼자서 해야 해요. 그래서 지금 당신을, 이 집을 떠나려
는 거예요.

헬메르   (펄쩍 일어나서) 그게 무슨 말이야?

노라   나 자신과 바깥세상을 제대로 이해하려면 독립해야 해
요. 그러니 더는 이곳에서 당신과 지낼 수 없어요.

헬메르   노라, 노라……!

노라   당장 떠나겠어요. 오늘 밤은 크리스티나가 재워주겠죠.

헬메르   제정신이 아니군. 당신을 보낼 수 없어. 허락하지 않을
거야.

노라   이제 당신이 허락하지 않는다고 해봤자 소용없어요. 내
물건은 가져가겠어요. 하지만 지금이든 나중이든 당신에
게는 아무것도 받지 않을 거예요.

헬메르   하지만 이건 미친 짓이야…….

노라   내일 집에 갈 거예요. 예전에 살던 친정집 말이에요. 거기
서는 할 일을 찾기가 쉬울 거예요.

헬메르   아, 눈멀고 경험 없는 사람 같으니라고……!

노라   토르발, 이제부터 경험을 쌓으려고 노력해야겠죠.

헬메르   그렇지만 가정을, 남편과 아이들을 다 두고 떠나다
니……. 대체 사람들이 뭐라고 생각하겠어.

노라   그것까지 생각할 여유가 없어요. 내가 아는 건 이게 나

자신을 위해 꼭 필요한 선택이라는 것뿐이에요.

헬메르　하지만 수치스러운 짓이야. 당신의 가장 신성한 의무를 저버리려는 거 아닌가?

노라　나의 가장 신성한 의무가 뭔데요?

헬메르　그걸 꼭 이야기해야 알겠어? 남편과 아이들에 대한 의무를 말하는 거잖아.

노라　나에게는 그것 못지않게 신성한 다른 의무도 있어요.

헬메르　그런 건 없어. 대체 무슨 의무를 말하는 거야?

노라　나 자신에 대한 의무요.

헬메르　무엇보다도 당신은 아내이자 어머니야.

노라　이제는 그렇게 생각하지 않아요. 무엇보다 나는 당신과 마찬가지로 사람이에요……. 최소한 그렇게 되려고 노력할 거예요. 토르발, 대부분의 사람이 당신의 생각과 같으리라는 것을 알아요. 책에도 그렇게 쓰여 있을 거고요. 그렇지만 더 이상 나는 대부분의 사람이 하는 말과 책에 쓰여 있는 말로 만족할 수가 없어요. 이제 나 스스로 생각하고 이해하려고 노력할 거예요.

헬메르　당신은 먼저 이 집에서 당신의 위치를 이해하도록 노력해야 하지 않을까? 그런 질문을 그릇됨 없이 이끌어줄 기준은 있는 거야? 종교라도 있냐고?

노라　아, 토르발, 난 종교가 뭔지 잘 모르겠어요.

헬메르 그게 무슨 소리야?

노라 견진성사를 받을 때 한센 목사님이 가르쳐주신 것밖에
몰라요. 한센 목사님은 종교가 이러이러한 것이라고 말
씀하셨죠. 내가 이 모든 것에서 벗어나서 혼자가 되면 종
교에 대해서도 알아보고 싶어요. 한센 목사님이 가르치
신 게 옳았는지 확인해볼 거예요. 적어도 나한테 옳은 건
지 옳지 않은 건지를요.

헬메르 당신처럼 젊은 여자가 그런 소리를 하다니. 그렇지만
종교로도 당신을 돌이킬 수 없다면 당신의 양심에 호소
해야겠군. 어느 정도 도덕심은 갖고 있겠지. 아니면 내
생각이 틀렸나? 당신한테는 도덕심도 없을지 모르겠군.

노라 음, 토르발, 대답하기가 쉽지 않네요. 잘 모르겠어요. 그
런 것들 모두가 혼란스럽게만 해요. 이제 보니 법도 내가
생각했던 것과 상당히 달라서 법이 옳다고 확신하지 못
하겠어요. 여자는 죽음을 앞둔 늙은 아버지의 걱정을 덜
어줄 권리나 남편의 목숨을 구할 권리가 없다니요! 도저
히 이해할 수가 없어요.

헬메르 꼭 아이처럼 말하는군. 당신은 자신이 살고 있는 세상
을 이해하지 못해.

노라 그래요, 이해하지 못해요. 하지만 이제 세상으로 들어갈
거예요. 어느 쪽이 옳은지 밝혀낼 거예요. 세상인지, 아니

면 나인지.

헬메르 노라, 당신 좀 아픈 것 같군. 너무 흥분했어. 제정신이
        아닌가 싶을 정도야.

노라 오늘 밤처럼 분명하고 확실하게 생각해본 적이 없어요.

헬메르 남편과 아이들을 버릴 정도로 분명하고 확실하다는 말
        이야?

노라 그래요.

헬메르 그렇다면 한 가지 이유밖에 없군……

노라 그게 뭐죠?

헬메르 당신은 더 이상 나를 사랑하지 않는 거야.

노라 맞아요. 바로 그거예요.

헬메르 노라! 어떻게 그런 말을 할 수 있지?

노라 토르발, 나도 정말 힘들어요. 당신은 항상 나한테 아주
      친절했어요. 그렇지만 나도 어쩔 수 없어요. 더는 당신을
      사랑하지 않아요.

헬메르 (힘겹게 자제하며) 그 점도 분명하고 확실한 거야?

노라 예, 아주 분명하고 확실해요. 그래서 더는 이곳에 머물
      수가 없어요.

헬메르 도대체 왜 나를 사랑하지 않게 됐는지 설명해줄 수는
        있겠지?

노라 예, 할 수 있어요. 오늘 밤 내가 예상했던 기적이 벌어지

지 않았을 때 그렇게 됐어요. 당신이 그동안 내가 생각했던 사람이 아니라는 사실을 그때 깨달았어요.

헬메르 무슨 말인지 모르겠군. 자세히 설명해봐.

노라 팔 년 동안 나는 참을성 있게 기다렸어요. 기적은 날마다 일어나는 게 아니라는 걸 알았으니까요. 그러다가 이번 불행이 나를 덮치자 이제 기적이 일어날 때라는 확신이 들었죠. 크로그스타드의 편지가 저기 밖에 있는 동안에 나는 당신이 그 사람의 조건에 굴복하리라고 상상조차 해보지 않았어요. 당신이 그 사람에게 "얼마든지 세상에 알리시오!"라고 말할 거라고 확신했어요. 그리고 그렇게 되면……

헬메르 허, 그렇게 되면? 내 아내가 만천하에 창피와 모욕을 당할 텐데?

노라 그렇게 되면 당신이 나서서 모든 책임을 지고 "모두 제 잘못입니다"라고 말해줄 거라고 확신했어요.

헬메르 노라!

노라 당신은 지금 내가 당신의 그런 희생을 받아들이지 않아야 한다고 생각하는 거죠? 그래요, 물론 그러면 안 되죠. 그렇지만 내가 아니라고 한들 다들 당신 말을 믿었을 테죠. 그렇게 당신이 나서주는 게 바로 내가 바랐던 기적이었어요. 또한 두려움이었지요. 나는 그걸 막으려고 자살

147

할 결심까지 했으니까요.

헬메르 노라, 나는 당신을 위해 밤낮으로 기쁘게 일할 수 있어. 당신을 위해 가난과 고통을 참을 수도 있어. 그렇지만 어떤 남자라도 사랑하는 사람을 위해 명예를 희생하지는 않아.

노라 수많은 여자가 그렇게 해요.

헬메르 아, 말하고 생각하는 게 꼭 철없는 아이 같군.

노라 그럴지도 모르죠……. 하지만 당신이 말하고 생각하는 것도 내가 사랑하기로 결심한 남자 같지는 않네요. 당신은 가장 두려운 일이, 그러니까 내게 닥친 위협이 아니라 당신한테 일어날지 모를 일이 해결되고 당신이 생각하는 위험이 모두 사라지자 아무 일도 없었던 것처럼 행동했어요. 나는 그저 노래하는 당신의 작은 새, 당신의 인형이었을 뿐이죠. 그리고 이제부터는 그 어느 때보다도 그 인형을 조심스럽게 다루겠죠. 그만큼 약하고 부서지기 쉬운 존재니까요. (자리에서 일어서며) 토르발, 그 순간에 나는 무려 팔 년 동안이나 낯선 남자와 여기서 살았고, 그 사람한테 세 아이를 낳아줬다는 사실을 깨달았어요. 아, 생각만 해도 견딜 수가 없어요. 내 몸이 갈기갈기 찢어지는 것 같아요.

헬메르 (슬프게) 그래. 알겠어, 알겠어. 진짜로 우리 사이에 커다란 틈이 생겼군……. 아, 하지만 그 틈을 좁힐 수는 없을까?

노라   지금으로서는 난 당신한테 어울리는 아내가 아니에요.

헬메르   내가 바뀔게…….

노라   그럴지도 모르죠. 당신의 인형을 빼앗긴다면 말이에요.

헬메르   하지만 당신을 잃게 되다니, 노라! 안 돼, 안 돼. 그런
        일은 상상도 할 수 없어.

노라   (오른쪽 방으로 가며) 바로 그런 이유로 이렇게 해야 하는 거
        예요. (외투와 작은 가방을 가져와서 탁자 옆 의자에 올려놓는다.)

헬메르   노라! 지금은 안 돼, 노라. 아침까지 기다려.

노라   (외투를 입으며) 낯선 남자의 집에서 밤을 보낼 수는 없잖
        아요.

헬메르   그러면 지금부터 여기에서 오누이처럼이라도 함께 살
        면 안 될까?

노라   (모자를 쓰며) 그게 오래가지 않으리라는 것을 잘 알잖아
        요. (숄을 두른다.) 토르발, 잘 있어요. 아이들은 보지 않
        을 거예요. 나보다 나은 사람이 잘 돌봐주겠죠. 지금의
        나는 아이들에게 쓸모가 없어요.

헬메르   하지만 언젠가, 노라, 언젠가는……?

노라   무슨 대답을 할 수 있겠어요? 나도 내가 어떻게 될지 모
        르는데 말이에요.

헬메르   하지만 당신은 내 아내야. 지금도 그리고 앞으로 어떻게

변하더라도.

노라 토르발, 잘 들어요. 지금 내가 하려는 것처럼 아내가 남편의 집을 떠나면 법적으로 남편은 아내에 대한 의무에서 벗어난다고 들었어요. 어쨌든 나는 당신을 나에 대한 의무에서 자유롭게 해줄게요. 당신은 어떤 식으로든 책임을 느낄 필요가 없어요. 그건 나도 마찬가지고요. 우리 둘 다 완벽하게 자유로워져야 해요. 자요, 당신 반지를 돌려줄게요. 당신도 내 반지를 줘요.

헬메르 반지도?

노라 반지도요.

헬메르 여기 있어.

노라 됐어요. 이제 다 끝났어요. 여기 열쇠를 둘게요. 집안 살림은 하인들이 다 알고 있어요. 나보다 훨씬 잘 알고 있죠. 내가 떠나면 내일 크리스티나가 와서 내가 친정에서 가져온 물건들을 챙길 거예요. 나중에 나한테 보내도록 해둘게요.

헬메르 끝났다니! 다 끝났다니! 노라, 다시는 내 생각을 하지 않을 거야?

노라 가끔 당신 생각이 나겠죠. 그리고 아이들과 이 집 생각도 날 거예요.

헬메르 노라, 당신에게 편지를 써도 될까?

노라 안 돼요. 절대로 그러면 안 돼요.

헬메르   하지만 분명히 당신에게 보낼…….

노라   안 돼요. 아무것도 안 돼요.

헬메르   아니면 혹시 당신이 필요할 때 도움이라도?

노라   안 돼요. 잘 들어요. 낯선 사람에게는 아무것도 받을 수
없어요.

헬메르   노라, 내가 당신한테 그저 낯선 사람 이상은 될 수 없
는 거야?

노라   (가방을 들며) 아, 토르발, 그러려면 놀라운 기적이 일어나
야 할 거예요.

헬메르   놀라운 기적이라니, 그게 어떻게 해야 일어나지?

노라   당신과 나, 우리 둘 다 완전히 변해야 해요. 아, 아니지,
토르발, 나는 이제 기적을 믿지 않아요.

헬메르   그렇지만 나는 믿을 거야. 말해줘. 우리가 어떻게 변해
야 하는 거지?

노라   아, 우리의 결혼 생활이 진정한 결혼이 될 수 있다면…….
잘 있어요. (복도로 나간다.)

헬메르   (문가의 의자에 주저앉아 양손에 얼굴을 묻으며) 노라! 노라!
(일어나서 주위를 둘러본다.) 아무도 없어! 이제 그녀는 여기
에 없어! (희망의 기색이 얼핏 스치며) 놀라운 기적이라고?

(아래층에서 문을 쾅 닫는 소리가 들린다.)

옮긴이 신승미

조선대학교 국어국문학과를 졸업하였다. 6년 동안의 잡지 기자 생활과 전공인 국문학을 바탕으로 한 안정된 번역 실력으로 다양한 분야의 책을 번역하고 있다. 현재는 출판번역에이전시 베네트랜스에서 번역가로 활동 중이다. 옮긴 책으로는 《즐겁지 않으면 인생이 아니다》 《집에서도 행복할 것》 《생의 모든 일은 오늘 일어난다》 《혼자 사는 즐거움》 등이 있다.

인형의 집

1판 1쇄 발행 2015년 2월 28일

지은이 헨리크 입센
옮긴이 신승미
발행인 오영진 김진갑
발행처 (주)심야책방

출판등록 2013년 1월 25일 제2013-000028호
주소 서울시 마포구 월드컵북로5가길 12 서교빌딩 2층
전화 02-332-3310 **팩스** 02-332-7741

종이 월드페이퍼(주)
인쇄·제본 현문·자현(주)

값 8,900원
ISBN 979-11-86283-00-4 04850
       979-11-95377-30-5 (set)